H & WHY

美国经典少儿百科知识全书

神奇的动物世界

［美］世界图书出版公司 著　　方舟子 译

Childcraft—The How and Why Library
The World of Animals

广西科学技术出版社

著作权合同登记号 桂图登字：20-2009-133

THE WORLD OF ANIMALS(VOLUME 4)

图书在版编目（CIP）数据

神奇的动物世界/（美）世界图书出版公司著；方舟子译.—南宁：广西科学技术出版社，2010.6
（《HOW & WHY》美国经典少儿百科知识全书）

ISBN 978-7-80763-473-7

Ⅰ.神… Ⅱ.①世… ②方… Ⅲ.动物—普及读物 Ⅳ.Q95-49
中国版本图书馆CIP数据核字（2010）第049596号

SHENQI DE DONGWU SHIJIE
神奇的动物世界

作　　者：[美]世界图书出版公司		翻　　译：方舟子	
策　　划：何　醒　张桂宜		责任编辑：赖铭洪　胡　莎	
封面设计：卜翠红		责任审读：张桂宜	
责任校对：曾高兴　田　芳		责任印制：韦文印	

出　版　人：韦鸿学
出版发行：广西科学技术出版社　　　　　　　社　　址：广西南宁市东葛路66号
邮政编码：530022
电　　话：010-85893724（北京）　　　　　　传　　真：010-85894367（北京）
　　　　　0771-5845660（南宁）　　　　　　　　　　　0771-5878485（南宁）
网　　址：http://www.gxkjs.com　　　　　　在线阅读：http://www.gxkjs.com

经　　销：全国各地新华书店
印　　刷：中国农业出版社印刷厂　　　　　　地　　址：北京市通州区北苑南路16号
邮政编码：101149
开　　本：710mm×980mm　1/16
字　　数：80千字　　　　　　　　　　　　印　　张：11.5
版　　次：2010年6月第1版
印　　次：2012年10月第11次印刷
印　　数：92 001—102 000 册
书　　号：ISBN 978-7-80763-473-7/G·142
定　　价：25.00元

目　录

4　前言

8　什么是动物?
发现什么是动物，以及动物是如何运动、吃、有宝宝、生长和一起生活的。

30　认识哺乳动物
了解狮子与袋鼠、鲸鱼和狗有什么共同点——以及它们与你的共同之处。

48　认识鸟类
发现鸟类是如何筑巢、下蛋和飞翔的。

64　认识爬行动物和两栖动物
它们有的又小又可爱，有的又大又吓人，但是它们的身体全都以相同的方式做某些事情。

88　认识鱼类
许多生物生活在水中。学习怎么分辨哪些是鱼。

106　认识无脊椎动物
了解许多生活在海中、有着奇异形状的生物。

122　认识节肢动物
这些有很多条腿的动物身体有坚硬的外壳，在全世界都能发现它们。

140　奇异的动物
动物有许多种不同的行为，而且有许多种不同的形状和大小。

164　濒危动物
我们必须爱护我们的地球家园，如果我们想要动物继续和我们分享这个家的话。

182　词汇表

前　言

　　你知道为什么蝙蝠是我们的朋友吗？你能分清鲸和鱼，鳄鱼和短吻鳄，青蛙和蟾蜍都有什么区别吗？

　　在《神奇的动物世界》中，你将会找到这些问题以及更多问题的答案。你将会学到许多种不同的动物，它们在哪里生活，它们吃什么，以及它们怎么活动。你将会读到对濒危动物的介绍，并知道怎样去帮助和拯救它们。你还将找到与动物有关的工作介绍。

　　本书中有许多栏目帮助你学习和掌握这些知识。标着"全知道"的框子里有充满趣味的事实。找找在一个色球上面的"试一试"这些字眼，在它下面介绍的活动提供了一种更多地了解动物的办法。比如，你能够建一个蝙蝠窝，或者建自己的水族缸。

　　你阅读本书时，将会看到有些词是用**像这样**的黑体字印刷的。这些词对你来说也许是生词。你可以在书后面的词汇表中找到这些词语的解释。

"全知道"的框子里有充满趣味的事实。

每种活动都有一个数字。数字越大表明你可能越需要大人的帮助。

有这种彩色边框的活动要比没有边框的复杂一些。

美妙的动物在全世界都能找到。这里只是让你先看一眼你将会在本书中遇到的一些奇特动物。这张地图向你显示，在世界上的哪个地方能够发现哪一种奇妙的动物。根据标着的页码翻到那一页，去发现更多的信息！

北冰洋

北美洲
双足蚓蜥 / 140
短吻鳄 / 78
白头海雕 / 48
河狸 / 33
吸蜜蜂鸟 / 142
古巴雨蛙 / 143
黑颈䴙䴘 / 62
帝王斑蝶 / 126
鲑鱼 / 159
蝎子 / 135

太平洋　　**大西洋**

南美洲
箭毒蛙 / 83
蚓螈 / 86
大食蚁兽 / 13
凤尾绿咬鹃 / 55
帝鹦鹉 /176
狼蛛 / 134
吸血蝙蝠 / 41
卷毛蜘蛛猴 / 164

南极洲
信天翁 / 54
蓝鲸 / 142
海象 / 44
企鹅 / 16
抹香鲸 / 47

欧洲
欧洲翠鸟 / 50
金蛛 / 134
蛇 / 72
绿蟾蜍 / 64
刺猬 / 144
蜜蜂 / 133
西班牙瓲羊 / 177

亚洲
中亚眼镜蛇 / 164
大熊猫 / 177
穿山甲 / 145
孔雀 / 48
混合蝠 / 142
海马 / 25, 88, 96

澳洲与太平洋群岛
澳洲伞蜥 / 147
黑天鹅 / 62
珊瑚虫 / 112~113
大白鲨 / 102
玳瑁海龟 / 71
袋鼠 / 34~35
鸭嘴兽 / 33
缎蓝亭鸟 / 151

非洲
黑犀牛 / 164
骆驼 / 17
黑猩猩 / 39
鳄鱼 / 78~79
冠鹤 / 55
长颈鹿 / 37
狮子 / 36, 169
牛椋鸟 / 155

深海
天使鱼 / 94
吞鳗 / 104

印度洋

什么是动物？

大丽花是植物。

仔细看看这里的两对生物。你能分辨哪一个是动物哪一个是植物吗？你并不总是能够仅仅通过看就能做出分辨的。有的植物看上去像动物，而有的动物看上去像植物。

海葵是动物。

海葵看上去像一朵花，但是它不是花。当一条鱼游近它，触碰到海葵的"花瓣"时，鱼就被抓住了。在"花"的中央会张开一个小嘴，然后逮住鱼！

植物并不像动物那样吃食物。多数绿色植物在阳光、空气和水的帮助下自己制造食物。但是动物无法自己制造食物。因此它们吃植物或其他动物。

海百合是动物。

海葵在海底沙石上缓慢地滑行。植物能够四处运动吗？不，它不能。一旦一株植物从种子或根发芽，它就待在了同一个地方。但是多数动物能够自己到处走。

如果一个生物能运动并吃食物，那么它就是一个动物。

荚果蕨是植物。

8

猫咪和猫柳，它们的名字听上去有点相似，但是猫咪是动物，而猫柳（即褪色柳）是植物。

动物运动

动物能够用很多不同的方式运动。它们也许是摇摇摆摆地走、游泳、飞扑或蹦跳。有的滑行，有的走或跑。

蛤只有一只脚，用来挖掘进入泥浆或沙砾。企鹅用两只脚走路。狗用四条腿走或跑。瓢虫用六条腿走路。蜘蛛用八条腿走路。蜈蚣也许用100对腿走路，而有的千足虫用比这还多的腿走路。蛇和蠕虫根本就没有腿，它们扭动着到处走。蝙蝠以及多数鸟类和昆虫飞翔。鱼游泳。

有的动物只在非常年轻的时候才运动。藤壶、海绵和小牡蛎在水里游来游去，直到找到一个停留的好地方。然后它们把自己向下固定住，从此不再运动。

动物能够四处运动，不需要其他帮助。如果一个生物能自己运动，它就是一个动物。

千足虫爬行

袋鼠蹦跳

蛇扭动滑行

猫跳跃

鹰飞翔

猎豹跑

飞扑、嗡嗡飞、游泳、跑。动物有多快？

• 在空中最快的动物是游隼——每小时320千米。最慢的是苍蝇——每小时8千米。

• 水中最快的动物是旗鱼——每小时105千米。最慢的是金鱼——每小时8千米。

• 陆地上最快的动物是猎豹——每小时112千米。最慢的是乌龟——每小时0.16千米。

• 和有的动物相比，人类是慢吞吞的。平均起来，人跑起来的速度只有每小时32千米，游泳每小时8千米，而且持续的时间不长。

动物吃东西

蝴蝶

所有的植物和所有的
动物都需要食物。多
数植物用光、水以及
土壤和空气中的物质自己制造
食物。但是动物不能自己制造
食物。它们必须吃植物或其他动
物才能生存。

　　不同种类的动物用不同的方式吃东西。变
色龙弹出黏黏的舌头抓住昆虫。胡兀鹫用它那
尖锐的爪和钩子一样的喙撕裂食物。

　　蝴蝶的嘴的一部分就像是一根安装好的吸
管。蝴蝶平时把它的吸管卷起来，到饥饿时再
展开，把它插进花中，吸取甜甜的花蜜。

　　黄鼠有坚硬的牙齿用来咬裂坚果和种子。
它把食物含在嘴里带回家储存。

非洲胡兀鹫

12

南美洲大食蚁兽

须鲸用海水充满自己的嘴巴。水中充满了微小的植物和动物。鲸让水流出嘴巴，然后吞下留在嘴里的植物和动物。

浣熊

眼镜王蛇

晚餐吃什么？

动物可根据它们吃什么进行分类。有的动物只吃植物。它们叫食草动物。食草动物包括牛、绵羊和松鼠等。只吃其他动物的动物叫食肉动物。食肉动物包括狮子、狐狸和蛇等。既吃植物又吃动物的动物叫杂食动物。杂食动物包括熊、浣熊、猪和人。你认为只吃昆虫的动物叫什么？没错！叫食虫动物。食蚁兽和刺猬是食虫动物。

金背黄鼠

动物有宝宝

火烈鸟宝宝在孵化后大约5天离开了窝。

所有的生物都制造像它们自己的新生命。它们繁殖。每个动物宝宝都来自和它很像的成年动物。企鹅宝宝来自企鹅。马宝宝来自马。甲虫宝宝来自甲虫。

动物宝宝有不同的出生方式。有的动物宝宝直接从母亲的身体中生下来。马就是用这种方式出生的。猫、猴子和鲸也如此。人也如此。

有的宝宝是孵化出来的，卵来自它们母亲的身体。企鹅是用这种方式出生的。甲虫、青蛙和多数鱼类也是如此。

许多动物在其宝宝出生后并不照看它们。例如，有的青蛙和蟾蜍以及许多种鱼产卵并让宝宝自己照顾自己。

其他的动物跟它们的宝宝待在一起很长的时间。许多鸟类教它们的宝宝怎么飞。许多哺乳动物教它们的幼崽怎么猎取食物。

蝗虫宝宝从雌性蝗虫下
在地里的卵孵化出来。

有的动物宝宝看上去就像它们的
父母。有的看上去很不一样。但是
每个动物宝宝长大后都成为和
它的父母一样的同种动物。

象宝宝和它的母亲待
在一起，直到它长大。

15

动物成长

树的种子植根在地里。新的树发芽，生根，长出叶子——全是自己完成。植物能够自己照顾自己。但是，和植物不同，许多动物必须教它们的幼崽如何自己生存。

企鹅宝宝将长得看上去像它的父母。

每个动物宝宝长大后都像它们的父母那样生活。它看起来、动起来和叫起来都像它所属的种类的动物——而不像其他动物。

小狮子学习走路，然后学习跑。它学习吃肉。它咆哮、吼叫。它学习捕捉其他动物当食物。

小蜘蛛长大后做蜘蛛做的所有事情。它爬来爬去，编织一个黏黏的网，用它捕捉昆虫。

年轻的鹦鹉学习飞翔。它知道怎么用喙使坚果和种子破裂。它像其他鹦鹉一样尖叫和低鸣。

大多数北极熊宝宝在出生后两年内都和它们的妈妈待在一起。

每个动物都学习如何像它的种类的其他动物那样生活。每个动物都做它们为了生存必须做的事情。这就是动物世界的运作方式。

骆驼妈妈照看它的幼崽，直到幼崽做好了能照顾自己的准备。

植物和动物

动物和植物是不同的。但是它们彼此没有对方都不能生活！植物从阳光那里获取能量，用它制造根、茎、叶、花和果实。动物吃植物，或者吃那些吃植物的动物。动物死后，它们的身体分解，把营养素，或者说食物，放回土壤让植物利用。

动物呼吸空气。在它们呼气时，空气混杂着一种叫二氧化碳的气体。植物从空气中吸取二氧化碳制造食物——然后释放新鲜空气。这样，植物获得了它们需要的二氧化碳，而动物获得了新鲜空气。

昆虫帮助植物把**花粉**从一朵花传到另一朵花。植物需要花粉来形成种子和生长果实。其他动物吃植物的果实。它们通过粪便来传播种子。这样动物就帮助植物生长新植物。

捻角羚在吃树叶。

你知不知道在一片森林被砍伐后，栖息在那里的所有动物会怎样吗？它们中有许多或者跑掉或者死去。在你家的花园或周围种树和花，你就能给动物提供食物和美好的生活场所。

19

动物生活在不同的栖息地

大熊猫每天必须吃大量的竹子。

熊喜欢吃鱼和浆果。它生活在林中溪流的附近。大熊猫吃竹子的叶子。它生活在中国，那里有很多竹子。每一种动物都必须生活在它能够发现所需食物的地方。

动物生活的地方叫做栖息地。每一种栖息地都是特别的。极地的栖息地非常寒冷。沙漠栖息地的水非常少。然而，生活在这些栖息地的动物都能发现它们的生存所需要的东西。

褐猿在它的栖息地爬树。

蚯蚓、蜗牛、青蛙和蝾螈等动物需要生活在潮湿、阴暗的地方。

在世界的哪个地方？

有时候动物能从一个栖息地迁到另一个地方，但是它们通常最喜欢某一个栖息地。你知不知道下面这些动物最喜欢生活在哪里吗？把下面的每一种动物和下页中它们喜欢的栖息地对上号。提示：有些动物喜欢相同的栖息地！

1. 美洲狮

2. 斑马

3. 骆驼

4. 棕熊

5. 树蚺

6. 管虫

7. 虎鲸

8. 企鹅

9. 蝎子

a. 沙漠

b. 山

c. 温带森林

d. 海洋

e. 极地

f. 草原

g. 热带森林

答案：
1.b.2.f.3.a.4.c.5.g.
6.d.7.d.8.e.9.a.

23

动物的分类

科学家把动物分类，这样他们能更好地研究动物。每个类群里的动物在某个或更多个重要的方面很相似。下面是主要的动物类群。

熊

猴子

海狮

哺乳动物

哺乳动物是温血的，意思是它们的身体保持在大致相同的温度。这些动物在年幼时吃母亲的奶，用肺呼吸，在身体表面有毛。这个类群里包括人类。

青蛙

蝾螈

蟾蜍

爬行动物

爬行动物，例如蛇和蜥蜴，是冷血的。它们改变体温，让它和周围环境一致。这些动物的皮肤有鳞片，用肺呼吸，生活在陆地。

乌龟

蜥蜴

蛇

两栖动物

两栖动物有骨骼，用鳃呼吸。青蛙和其他两栖动物生在水中，但是它们成年后能生活在陆地上。

苍鹭

鹪鹩

鹦鹉

鸟

鸟从硬壳的蛋中生出来。它们在成年后身体表面上有羽毛。

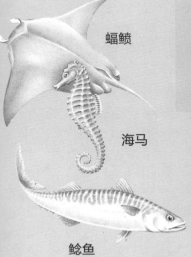

蝠鲼

海马

鲶鱼

鱼

鱼生活在水中。它们有脊椎、鳞和鳍。它们用鳃呼吸。

龙虾

蜘蛛

甲虫

节肢动物

节肢动物有三对或更多对有关节的腿和一个覆盖全身的硬壳。节肢动物包括龙虾和最大的一类动物——昆虫。

蜗牛

章鱼

软体动物

软体动物,例如章鱼,有柔软的身体,没有骨骼。多数软体动物有一个硬壳保护身体,但是有的软体动物没有壳。

扇贝

25

动物能成为你的朋友

在你想到宠物的时候，你想到了什么？许多人想到狗、猫、鸟、仓鼠或鱼。有些人想到蛇、昆虫、猴子、猪甚至美洲驼。还有其他人想到狼蛛或鬣蜥。

全世界的人们都喜爱养动物做宠物。在日本，孩子们训练宠物老鼠跳舞，还有的人养水母当宠物。獴在印度是常见的宠物。一种叫鸬鹚的大海鸟在中国是很受欢迎的宠物。

你养什么样的宠物合适呢？

与猫咪、狗狗玩耍很好玩。观赏鸟和鱼很有趣。猫、鱼和蛇是安静的宠物。狗和鸟会很吵闹，但是它们能被训练玩小把戏。如果你想要一只不寻常的宠物，刺猬、热带鱼或老鼠怎么样？

拥有宠物很有趣，但是也是一项大责任。

得到一只新宠物是很有意思和让人激动的。但是记住——你的宠物只要活着很可能就将一直伴随着你。你对你的宠物的责任也就一直伴随着你！要确信你和你的宠物是完美的一对。

这只仓鼠和大宠物一样需要锻炼。

选择合适的宠物

在你选择宠物时，要选在它的余生你都能满足它的需要的那种。像下面这样一份问题单子能够帮助你选择对你比较合适的宠物。

1.我有什么样的家？

2.谁将在家中照看我的宠物？

3.我的宠物需要什么样的食物？

4.我的宠物需要多少锻炼？

5.我的宠物需要受训练吗？谁将训练它？

6.我必须为我的宠物买什么装备？

公寓非常适合用水族缸养鱼或用笼子养鸟。但是大狗和矮种马需要更大的空间让它们在外面游荡。

如果没人在家，一只友好的狗狗或猫咪整天待在笼子里会很不高兴的。但是一只小白鼠就不会介意！

宠物店销售为许多动物（例如狗和猫）特别制作的食物。有的宠物，例如蛇，吃像老鼠这样的活食物。

仓鼠在笼子里的轮子上跑来跑去就感到很高兴。但是有的狗需要每天在户外锻炼大约一小时。

教宠物做小把戏很有趣。但是训练宠物是一项艰巨的工作。狗狗和猫咪必须训练不要在家里大小便，狗狗还必须教它不要乱跳和乱咬东西。

你的宠物可能需要笼子或窝，水族缸，项圈和皮带，猫抓棒，盘子，玩具或其他装备。在你把宠物带回家之前，买下它需要的每一样东西。

矮种马

金鱼

仓鼠

长尾鹦鹉

乌龟

认识哺乳动物

人、鲸和猫有什么共同点吗？它们全都有毛发或胡须！

鲸

猫妈妈和蝙蝠妈妈有什么共同点吗？它们都用从它们的身体分泌出来的奶喂它们的宝宝。

北极熊和骆驼有什么共同点吗？不管外面的天气有多么冷或多么热，它们的身体都保持着一样的温度。

所有这些动物彼此之间有什么共同点吗？它们全都是哺乳动物！如果一只动物在年幼的时候吃妈妈的奶，有毛发或皮毛，是温血的，那么它就是哺乳动物。

美洲狮

犰狳

猴子

30

小海豹

棕熊宝宝全身都是棕色的，但是它的妈妈的皮毛有灰色的条纹。

哺乳动物的宝宝

海豚吃鱼。鹿吃树叶。蝙蝠吃蛾。猫吃老鼠。老鼠吃它们能找到的几乎所有东西。但是当这些动物还是小宝宝的时候，它们全都吃同样的东西——它们的妈妈的奶。没有哺乳动物的宝宝会吃其他的食物，直到它们长大。

多数哺乳动物宝宝在出生前生活在妈妈的体内。哺乳动物宝宝通过一根管子和它的妈妈连在一起。宝宝通过这根管子从妈妈体内获得营养。在宝宝长到足够大的时候，它就从妈妈体内生下来了。

全知道

下蛋的哺乳动物?

　　鸭嘴兽就是。它像鸟一样下蛋。但是就像所有的哺乳动物，它用奶喂它的幼崽。鸭嘴兽（上图）有一个看上去像鸭子的喙的鼻子。它在澳大利亚的溪流岸边生活。

　　许多种哺乳动物的宝宝在很长时间内是软弱无助的。老鼠、猫咪、狗狗和人的宝宝出生时脚都很软弱。有的哺乳动物的宝宝比较强壮。小驼鹿在出生几天后就能走路。看上去像羚羊的叉角羚出生仅一天就能快速地奔跑。

驼鹿宝宝在出生一小时后就能够站立。

河狸宝宝在出生时有柔软蓬松的毛皮。

33

育儿袋中的宝宝

刚出生的袋鼠比大人的拇指还小。刚出生的树袋熊甚至更小。刚出生的负鼠还要小——不比一只蜜蜂大。

这么小的生物怎么确保安全呢？在它们出生后，它们在母亲身体上的育儿袋里待上几个月。它们甚至不向外看一眼。它们只是吃奶、成长。

然后，有一段时间，它们在育儿袋外面会待上部分时间。但是每当有什么东西吓着了它们时，它们就又跳回育儿袋。

甚至在它们离开了育儿袋后，宝宝仍然和妈妈紧密地待在一起。在负鼠妈妈寻找食物的时候，负鼠宝宝就骑在妈妈的背上。树袋熊妈妈在树顶上穿梭吃桉树叶时，树袋熊宝宝骑在妈妈的肩上。

袋鼠宝宝在8个月大的时候，育儿袋就

树袋熊妈妈用育儿袋装着它的宝宝。

刚出生的袋鼠

34

装不下它了。之后它在妈妈的旁边
一起蹦跳。

　　一开始，所有这些幼崽都很弱
小，但是它们慢慢长成了强大的动
物。一只完全长大的负鼠大约和猫
一样大。一只完全长大的树袋熊要
大一些。一只成年袋鼠则几乎和一
个成年人一样高。

袋鼠宝宝要在妈
妈的育儿袋里待
上几个月。

袋鼠宝宝把头伸进它妈妈
的育儿袋里吸奶。

　　红袋鼠妈妈在小
袋鼠出生后，往往再
次交配。这次交配形
成的宝宝不生下来，
而是"储存"起来，直到第一只小
袋鼠离开育儿袋后，它才发育成小
袋鼠。

全知道

35

哺乳动物的食物

狮子跟踪它们的猎物。

刚出生的小狮子很饿。它一路上推开它所有的兄弟姐妹，含住妈妈的乳头，喝温暖、香甜的乳汁。

在小狮子长大后，它的爪子变得很强壮。它的乳牙掉了，更强有力更锐利的牙齿长了出来。小狮子学习怎么咬、撕、啃和咀嚼。现在，在它饥饿时，它不只需要乳汁。它需要吃肉。

有的动物幼崽只是跟在妈妈后面到处走，妈妈吃什么它就跟着吃什么。但其他动物幼崽需要教怎么去吃成年食物。

小狮子在妈妈狩猎时跟在后面。妈妈让小狮子玩弄它杀死的动物。小狮子品尝肉的味道，发现它喜欢这种食物。

在断奶前，狮子宝宝开始学习吃肉。

36

每种哺乳动物的宝宝在出生后都会吃一段时间的奶。以后它们学习吃它们的父母吃的那种食物。

羚羊、马、牛、大象和长颈鹿的宝宝长大后吃植物。小狮子、狼崽和小海象长大后吃其他动物。熊长大后同时吃植物和动物。但是一开始它们全都吃妈妈的奶。

像所有的哺乳动物一样，马给它的宝宝哺乳。

象宝宝和妈妈紧靠在一起，这样可以保障安全，饥饿时能吃奶。

哺乳动物的家

北风吹。大雪降。雨润大地。饥饿的动物四处觅食。哺乳动物到哪里保平安和温暖？

有的哺乳动物不需要有任何样式的房子。鲸不需要。许多有蹄动物，例如麋鹿和驼鹿，也不需要。

有的哺乳动物只在夜晚或要生宝宝的时候才去找藏身的地方。例如，多数猴子在树上睡觉。

河狸常常把坝建在池塘上，它们在那里很容易找到食物。

大象在要生宝宝的时候会寻找一个藏身处。

黑猩猩在树上的巢里睡觉，它们用树枝和树叶来建巢。

　　但是有的哺乳动物建造房子挡住太阳、风、雪——或其他动物。河狸用树枝建的房子往往建在池塘中。房子的顶部在冬天结冰，把寒冷和其他动物挡在外面。但是房子的底部不结冰。河狸能够进进出出去获得它储存的食物。每个动物的房子都刚好适合那种动物居住。

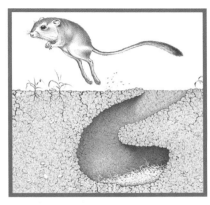

跳囊鼠生活在地下的家中，那里在炎热的天气也保持凉快。

全知道

　　许多种松鼠，例如灰松鼠，建两个家。灰松鼠有一个塞满树枝和树叶的窝供全年使用。在冬天这个窝很暖和。灰松鼠在夏天也建一个用树枝和树叶疏松地堆积起来的窝。在最炎热的天气，这个窝能保持凉快。

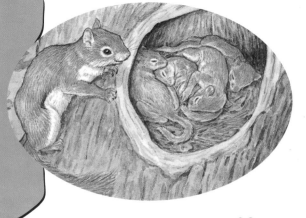

飞行哺乳动物

蝙蝠是唯一能够飞翔的哺乳动物。

它们来了！看到这些在黑暗中飞翔的黑乎乎的东西，会让你感到毛骨悚然。

蝙蝠是唯一能够飞翔的哺乳动物。它们一对皮质翅膀由肩胛骨和伸展的指骨支撑着。在蝙蝠休息时，它们的翅膀就像雨伞一样收起来。

多数蝙蝠生活在洞中，通常形成一个大的群体。但是它们有时也生活在谷仓、树或阁楼上，用脚趾支撑倒挂着。

松鼠会飞吗?

有一种动物叫飞松鼠
（即鼯鼠），但它并非真的在
飞。相反的，它有一层皮肤在身体
的两侧，从前肢伸展到后肢。这层皮
肤就像滑翔机的翅膀。在从一个树枝滑翔到另一个树
枝时，这层皮肤让鼯鼠得以在空中飞很短的时间。

蝙蝠是夜间活动的动物。它们在白天睡觉，
晚上出来吃东西。有的人认为蝙蝠是盲目的，但
是它们其实有非常好的听力。它们必须在黑暗中
发现食物。它们通过飞行时尖叫来发现食物。尖
叫声碰到物体反射回来，蝙蝠就听到了回声。

多数蝙蝠吃蛾和其他昆虫。有的蝙蝠只吃果
实。南美洲著名的吸血蝠吸血。它用牙齿在熟睡
动物的皮肤
上咬一口，然
后吸血。

蝙蝠在夜间飞行
寻找昆虫吃。

41

为蝙蝠建一个窝

并不是所有的蝙蝠都像有些人认为的那样是令人毛骨悚然的吸血者。事实上，许多种蝙蝠在帮助人类，它们吃真正令人毛骨悚然的吸血者——蚊子。一只小棕蝠一小时能吃600只蚊子。

有些人发现蝙蝠非常有益，为此建了特别的窝来吸引它们。在大人的帮助下，你能在一个下午就建好一个简单的蝙蝠窝，但是你将不得不等一段时间蝙蝠才会来入住。它们可能要花上一两年的时间找窝。

你将需要：
- 一张砂纸
- 特定尺寸的胶合板
- 锤子
- 钉子
- 木材填孔剂
- 深色油漆
- 漆刷

怎么做：

1. 请大人把胶合板切割成恰当的尺寸，或者在商店买胶合板并进行切割。你将需要7块胶合板。

一块19厘米×30厘米用来做前面

一块19厘米×35.5厘米用来做后面

两块14.5厘米×30厘米用来做两侧

一块19厘米×26.5厘米用来做顶部

一块9厘米×19厘米用来做底部

一块19厘米×23厘米用来做隔板

2. 用砂纸打磨所有胶合板的内面让它们变粗糙，这样蝙蝠容易抓牢。

3. 请大人帮你把胶合板如右图所示钉在一起。

4. 请大人帮你用木材填孔剂填补孔隙。把外表面全都涂上两三层深色油漆。

5. 为你的蝙蝠窝在靠近水的地方找一个好地点。蝙蝠窝应该挂在距离地面3.5~4.5米高的避风的地方。

蝙蝠在空中能移动灵巧的翅膀做特技表演。但是在地上，它们很笨拙！它们的腿非常弱小，只能爬行。

43

海里的哺乳动物

多数种类的哺乳动物生活在陆地上。但是海豹、鲸和少数其他哺乳动物生活在海里。它们能在水下待很长时间，但是这些哺乳动物通过肺呼吸空气。它们游到水面上呼吸。

鲸看上去非常像鱼，以至许多人认为它们是鱼。但是它们是哺乳动物。它们有毛发，是温血动物，而且它们的宝宝吃妈妈的奶。海豚和鼠海豚是小型的鲸。

海豹、海狮和海象是哺乳动物，它们大部分时间待在水里，有时在陆地上。但它们来到陆地上时，它们用鳍状肢蹒跚而行。

另一类海洋哺乳动物包括儒艮和海牛。这些动物看上去像是没有象牙的海象。这些动物没有后肢，而有一个宽平的尾巴。

海象大部分时间待在水里，但它们像其他哺乳动物一样用肺呼吸。

虎鲸是大型的海洋哺乳动物。这头在妈妈身旁游泳的虎鲸宝宝只有两天大。

44

全知道
?

海豚和鼠海豚属于同一个科，但是它们并不是相同的动物。你怎样区分海豚和鼠海豚呢？海豚有尖喙、锥状的牙齿和比较倾斜的前额。鼠海豚有圆喙、平牙齿和较不倾斜的前额。而且，鼠海豚比海豚小。

海豚

鼠海豚

儒艮

海牛

45

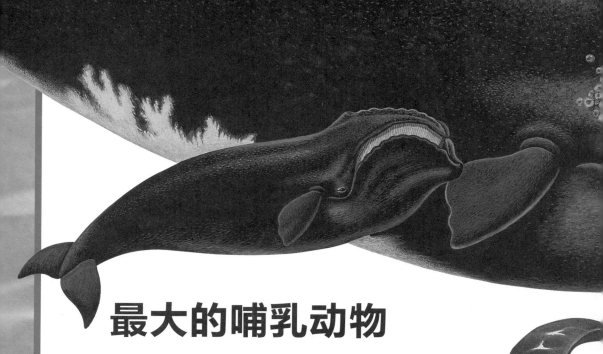

最大的哺乳动物

一头驼背鲸在接近水面的地方游泳。时不时地，它游上来让新鲜空气充满肺部，然后它又向下潜水。几分钟后，它再次浮出水面，嗖的一声通过头顶的呼吸孔喷出用过的空气。

鲸生活在水中，看上去像鱼，但它们其实是哺乳动物。它们是温血的，并用妈妈的奶哺育宝宝。它们没有像鱼一样的鳃——它们有肺。这就是为什么它们必须游到水面上呼吸空气的原因。

大鲸吃大东西，对吧？嘿，并不是所有的鲸都如此。许多鲸的喉咙太窄小了，吞不下比橘子大的东西。而且许多鲸没有牙齿。须鲸类的鲸，例如脊美鲸、灰鲸和长须鲸，通过嘴里数百个薄片滤取水中的食物。这些鲸吃由微小的植物和动物组成的浮游生物。

一头脊美鲸和它的
幼崽一起游泳。

有牙齿的鲸包括抹香鲸、白鲸、
独角鲸、海豚和鼠海豚，以及虎鲸。
这些鲸是食肉动物。它们喜欢的食物
包括鱿鱼、螃蟹、龙虾、鲨鱼、鳕鱼
和鳐鱼。

抹香鲸是食
肉动物。

47

认识鸟类

孔雀

你知道是什么让鸟和其他动物区别开来的吗？

不是它的翅膀。其他动物有的也有翅膀。

不是它的喙。其他动物有的也有喙。

不是它的蛋。许多其他动物也下蛋。

不是由于它会飞。有的鸟不会飞。

答不出来了吧？

蜂鸟

是羽毛！所有的鸟都有羽毛。

事实上，鸟是唯一有羽毛的动物。

因此，如果一只动物有羽毛，它就是一只鸟！

白头海雕

黑面情侣鹦鹉

大雕鸮

鸟巢

春天来了。一只鸟飞过，嘴里叼着一根红线。不久它又飞过，这回叼着一根树枝。它在干什么？这只鸟正准备做巢。鸟巢是鸟妈妈下蛋的地方。在小鸟孵化出来以后，它们将待在巢里，一直待到长大。

不同种类的鸟做不同的巢。许多鸟在树上做巢。这些鸟巢有的是用一层层树枝堆积在一起做成的。也有的就像是用泥土和草做的碗。鸟巢也可以是树干中的洞，或是用树枝和草编织成的袋囊悬挂着。

有的水鸟做的巢漂浮在水上。它们用杂草和木棍做成巢，系在灯心草上。

乌鸫在树上做了一个碗状的巢。

棕灶鸟的巢用泥土和草做成，看上去像是个泥土做的灶。

欧洲翠鸟在河岸筑巢。

有的鸟根本就不做巢。有些海鸟把蛋下在悬崖峭壁上凸出的地方。有的鸟把蛋下在地上的洞里。也有的鸟把蛋下在其他鸟的巢里。

织巢鸟用喙编织出一个由草和木棍做成的巢悬挂着。

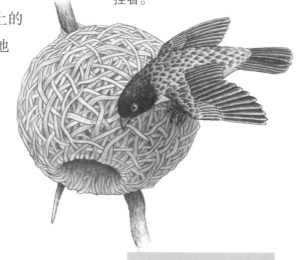

黑额织巢鸟做的巢看上去就像一个挂在树枝上的袋子。

从鸟蛋到鸟宝宝

这只鸵鸟宝宝从蛋里孵出来有几分钟了。

有时，几只雌鸵鸟把蛋下在这种巢中。

在蛋里面，一只小小的鸟宝宝蜷成了一团。它的头要比身体大。它的眼睛紧闭着。它需要的所有食物都在蛋里头。鸟宝宝长着长着，把整个蛋都充满了。它准备好要孵化出来了。

鸟宝宝开始在蛋里面移动。蛋壳破裂，裂痕变大，然后蛋壳一点点地掉了。很快就有了一个大洞。鸟宝宝在洞中摆来摆去。一个新生命诞生了。

小鸭子在孵出两天后就能走路和游泳。

有些种类的鸟在孵出时是弱小无助的。它们的眼睛还闭着，身上没有羽毛。它们无法用弱小的脚站起来。知更鸟、五子雀等鸟类在孵出后有几周的时间都是弱小无助的。但是其他鸟类在孵出后不久就能看、能走和觅食，即使它们还不会飞。在孵出两天后，小鸭子就能跑、游泳和觅食。

小知更鸟在孵出大约15天后才离开巢。

羽毛和翅膀

你知道所有的鸟都有羽毛。有的羽毛非常美丽。但是羽毛是干什么用的呢？羽毛帮助多数鸟类飞翔，但是它们在其他方面也很重要。

在寒冷的天气，鸟用羽毛做成一件温暖的冬季外套。鸟弄松它的羽毛让身体保持温暖。对有些鸟来说，防水的羽毛就像一件雨衣。这些鸟能游泳和潜水，不至于因为湿透了而沉入水中。

羽毛的颜色也很重要。鲜艳的颜色帮助有的鸟吸引配偶。其他的颜色让鸟和它们的**栖息地**融为一体，它们就不容易被看见。这样，饥饿的敌人就不会注意到它们。

所有的鸟都有翅膀。翅膀当然是用来飞的，多数鸟都会飞。

鸟的翅膀既薄又轻。它们不过是几块覆盖着薄皮肤和羽毛的小骨头和小肌肉。

信天翁有长长的尖翅膀。它能不拍动翅膀滑翔几个小时。

雨燕有狭窄的尖翅膀，正适合用来快速飞翔和急转弯。

雉鸡有宽阔、浑圆的翅膀。它如果看到危险，能迅速起飞。

不过，鸟的翅膀并非都是一样的。一只鸟有什么样的翅膀主要取决于它的生活方式。

雄性凤尾绿咬鹃有一个大大的美丽尾巴用来吸引配偶。

冠鹤有鲜艳的翅膀，在它们头顶有漂亮的丛毛。

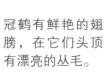
全知道

多数鸟会飞，但有的鸟用不同的方式运动。

企鹅的翅膀就像海豹的鳍状肢。企鹅用翅膀游泳。这些鸟能游得像鱼一样好，但是不会飞。

鸵鸟和几维鸟的翅膀太小，无法把它们的大身体抬到空中。这些鸟不会飞。但它们是优秀的奔跑者。鸵鸟一小时能跑64千米！

鸟宝宝的首次飞翔

一只雨燕宝宝准备好要飞翔了。自从它孵出以来，它的翅膀变得越来越长，变得越来越强壮。现在，这只小鸟准备好了。

它蹦跳到了巢的边缘。虽然它从未飞过，这只雨燕也知道应该怎么做。它伸展翅膀，用脚把自己推到了巢外。空气向上推雨燕的翅膀，把它托了起来。雨燕开始拍动翅膀。翅膀末端的羽毛展开并转动。这拉动了翅膀下的空气，牵引着雨燕向前。

现在，这只小雨燕累了。它就像踩刹车一样伸展翅膀和尾巴，着陆了。

起飞

一只鹗潜入水中，用爪子抓住了一条鱼，然后飞走。

上击

下击

着陆

这只麻雀现在是个老练的飞行员了。在飞行中，它拍动翅膀，翅膀上有些羽毛前后转动，这样推动鸟划空而过。

许多鸟在它们第一次尝试飞行时就能飞起来。有的鸟，例如麻雀，则需要一些练习。它们软弱地拍打翅膀到了巢外。在它们能真正飞翔之前，它们在地上蹦跳，拍打着翅膀，这样持续几天。

57

铲子、核桃夹子和矛

鸟不管吃的是昆虫、蠕虫还是浆果，它的喙都帮它得到它想要的食物。对多数鸟来说，喙是一个特别的工具，有着正合适的形状。事实上，许多鸟的喙的工作方式正好和你在家中使用的工具一样。看看你是否能够把盒子中的工具和长着类似它们的喙的鸟对上。

1. 篦鹭在海滩上跋涉，把头埋进水中。它左右摇摆头，从泥泞和水中铲小鱼和其他食物到嘴里。

2. 苍鹭也从水里获得食物。它刺中鱼，把它们举出水面，然后吞吃它们。

3. 鹦鹉用它坚硬的大喙能轻易地砸开坚果和种子。

合适的工具

a. 核桃夹子

b. 镊子

c. 吸管

d. 矛

e. 凿子

f. 铲子

4. 麻雀吃在地上发现的种子。它的喙很容易就能捡起种子。

5. 啄木鸟用喙敲打树，在树皮上挖出一个洞。然后啄木鸟就能吃到里面的虫子。

6. 蜂鸟把它的喙深深插入花中。它用长舌头吸取花蜜。

答案：
1.f;2.d;3.a;4.b;5.e;6.c.

称职的脚

你能够用脚趾抓住树枝，然后睡着了，却不会掉下来吗？不能，因为你的脚并不是用来在树上生活的。

　　鸟有着和它们的生活方式相适应的脚。栖息在树枝上的鸟的脚趾能绕着树枝弯曲，这样就能紧紧地抓住。它们抓得非常紧，即使睡着了鸟也不会掉下来。

　　在地上觅食的鸟类的脚短而平，就像小耙子。它们刮地面挖出昆虫和种子。鸭子、鹅和天鹅的脚就像桨，帮助它们在水中游泳。吃小动物的食肉鸟有锐利、弯曲的爪子——正适合用来抓住它们猎捕的生物。

　　爬树的鸟，例如鹦鹉和啄木鸟，有两个指向前面的脚趾和两个指向后面的脚趾。食火鸡和多数快速奔跑的鸟每只脚上有三个脚趾。

冠蓝鸦栖息在树枝上的时候，它前面的脚趾就像是手指，而后面的脚趾就像拇指。

蓝脚鲣鸟的蹼足在水中动起来就像是桨。

金雕用它锐利的长爪子抓住小动物，并把这个食物带回巢。

每只鸟的脚都特别适合它的生活方式。

全知道

啄木鸟

冠蓝鸦

食火鸡

鹰

蓝脚鲣鸟

啄木鸟后面的脚趾帮助它抓住树表。

一只黑颈鸬鹚潜水寻找食物。

潜水、钻水、修剪的鸟

黑天鹅和白腹麻鸭（下）生活在澳大利亚和新西兰。

你曾戴着脚蹼游过泳吗？如果你戴过，你就会知道它们能帮你游得更快。脚蹼就像鸭子、鹅和天鹅的蹼足。蹼足就像桨。它们划开很多水，因此能游得更快。

鸭子、鹅和天鹅都是水禽。它们大部分时间都待在湖泊、池塘、河流或海里。

不同种类的水禽用不同的方式获得食物。有些种类的鸭子，例如绿头鸭、赤颈鸭、绿翅鸭属于钻水鸭。为了获得食物——水中的昆虫、蜗牛和植物——钻水鸭把头埋到水中。它的脚和尾巴笔直地伸向空中。天鹅也用这种方式进食，但是它

鸭子在钻水。

们主要吃植物。

　　红头潜鸭、帆背潜鸭和鹛鹭等鸭子属于潜水鸭。它们潜到水下，主要吃水中的植物。

　　鹅通常在陆地上进食。它们喜欢草、种子和其他植物。它们的喙能够像剪刀一样干净利落地剪掉植物的顶端。

艳丽的林鸳鸯在树林附近的水中游泳。

认识爬行动物和两栖动物

绿蟾蜍是两栖动物。

你见过一只肥大的青蛙吗？它凸出的眼睛和刺耳的叫声有没有让你发笑？你见过一条小小的束带蛇快速穿过草地吗？它没有脚还能爬得这么快，有没有让你感到惊讶？蛇和青蛙属于两类动物，分别叫**爬行动物**和**两栖动物**。

两栖动物和爬行动物滑行、奔跑、蹦跳或游泳。有的嘶嘶作响，有的呱呱大叫，而有的不发出任何声响。有的两栖动物的皮肤有鳞片，感觉就像是树皮。有的蛇的皮肤感觉就像温暖的玻璃。有的青蛙黏糊糊的，但多数蛇并不这样。

斑点钝口螈是两栖动物。

两栖动物和爬行动物生活在世界各地——在林地和雨林，在澳大利亚人烟稀少的内陆和非洲平原，也许就在你自己的花园里。

绿海龟是爬行动物。

64

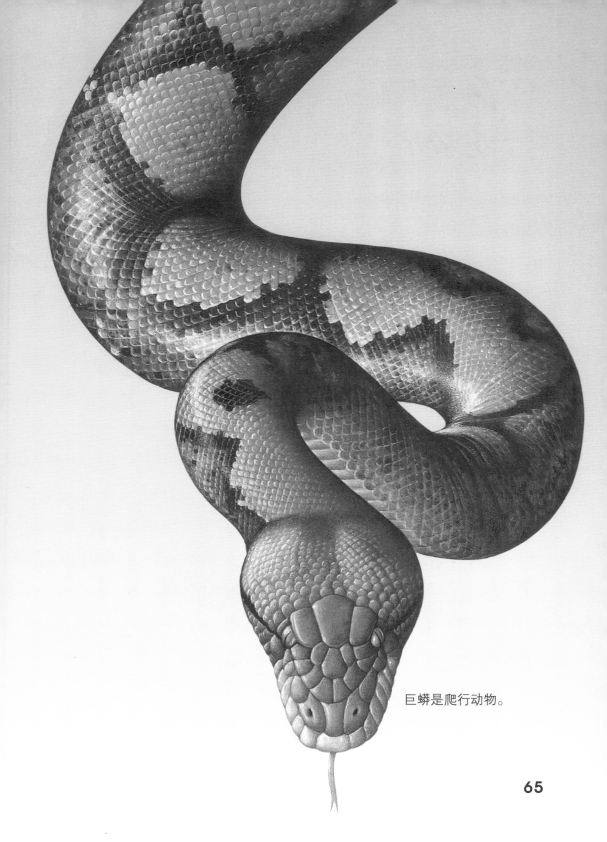

巨蟒是爬行动物。

什么是爬行动物？

巨蟒

假设你在地上发现了一些蛋，再假设有一些身上有鳞的小生物从蛋里孵化出来，它们会是什么种类的动物？

它们会是**鱼类**吗？鱼的皮肤有鳞，但是鱼卵没有硬壳。而且，多数鱼类在水中产卵。因此它们不会是鱼。

楔齿蜥

它们会是**鸟类**吗？鸟也下蛋。但是鸟没有这种有鳞片的皮肤。因此它们不会是鸟。

它们必定是**爬行动物**。只有爬行动物才有长鳞片的皮肤，而且在陆地上下蛋。短吻鳄、鳄鱼、蜥蜴、蛇、乌龟和楔齿蜥都是爬行动物。

所有的爬行动物都有鳞。

鬣蜥

跟太阳捉迷藏

现在是沙漠的午夜。一只小蜥蜴躺着，全身几乎盖满了沙子。只有它的头伸了出来。它把沙子当成毯子来用，在寒冷的夜晚让身体保持温暖。

太阳升起来的时候，蜥蜴就从沙里爬了出来。它运动得非常缓慢，因为它的身体还是冷的。它在岩石上躺很长时间，让阳光温暖它。等它的身体变得足够温暖后，蜥蜴就冲出去寻找食物。

在夜晚，蜥蜴把沙子当成毯子来保暖。

太阳出来了，蜥蜴躺在岩石上暖和身体。

蜥蜴和所有其他爬行动物是**冷血动物**。它们的身体变得刚好和周围的空气或水一样的炎热或冰冷。如果它们的身体变冷，爬行动物就无法很好地行动。如果它们变得太热，爬行动物就死了。因此爬行动物必须花时间来跟太阳捉迷藏。如果觉得冷，它们就躺在温暖的阳光下。如果觉得热，它们就急忙躲到阴影中。

生活在冬天很冷的地方的爬行动物随着寒冷天气的到来，行动变得越来越缓慢。爬行动物蜷缩在它能找到的最暖和的洞中。不久它的身体变得冰冷、僵硬。它根本就不能动弹了。只有等到温暖的天气又回来了，爬行动物才能重新行动起来。

蜥蜴觉得足够暖和了，就去捕捉食物。

在一天中最炎热的时候，蜥蜴躲在岩石下面遮阳保持凉爽。

龟和陆龟

龟是仅有的有壳爬行动物。

这只加拉帕戈斯巨龟有厚实、粗短的脚，适合在陆地上行走。

龟和陆龟是背上有壳的爬行动物。它们多数能把头、脚和尾巴缩进壳里面加以保护。

许多种龟一生中有许多时间生活在水中。它们游泳的能力比走路的能力强。海龟几乎所有的时间都生活在水里，它们有强壮的鳍状肢用来游泳。这些龟吃动物和植物。

陆龟是只生活在陆地上的龟。它们有像棍子一样的脚，用来在沙地、泥地或草地上行走。多数陆龟的壳既高又圆，而许多其他龟的壳则是扁平的，有助于它们在水中滑行。多数陆龟吃植物。

龟在蛋孵化之前并不照看蛋。雌龟在泥地或沙地上挖洞。它们把蛋下在洞中，把蛋盖好，然后走开。温暖的阳光孵化了龟蛋，龟宝宝自己挖出一条路走出来。

海龟的脚动起来就像脚蹼，十分适合游泳。

全知道

有的龟属于世界上最濒危的动物。

玳瑁海龟濒临灭绝，是因为它美丽的龟壳被用来制作成礼品。这种动物出现在接近热带珊瑚礁的地方。许多国家已通过法律禁止销售玳瑁龟壳。另一种濒危动物是黄绿色的埃及陆龟。这种陆龟能长到大约1.5米长，发现于埃及、以色列和利比亚。它是那些收集珍稀宠物的人们喜欢的宠物。

和所有的蛇一样，
绿树蟒没有脚。

没有脚，把舌头当鼻子来用

蛇没有脚，但是它们也能很好地运动！一条蛇能在地上以"之"字形行进，和多数人走路的速度差不多一样快。

蛇和蜥蜴不同，因为蛇没有耳朵和眼睑。而且，蛇靠伸出舌头来闻气味！蛇用它们良好的味觉来发现食物。

多数的蛇喜欢吃活食物。它们吃许多种小动物——甚至吃其他的蛇。蛇不咀嚼食物——它们把它整个吞下去。它们的颚就像一把核桃夹子一样链接起来。为了吃一大口

这条莫桑比克射毒眼镜蛇能向猎物喷射毒液。

许多人害怕蛇——所有的蛇。

但只有少数种类的蛇对人是有毒的。它们包括眼镜蛇、黑曼巴蛇和锯鳞蝰蛇。

海蛇有侧扁的身体，在水中左右划动。

食物，它们能松掉链接，把嘴张得非常大。事实上，一条小小的束带蛇能吞下一整只青蛙！非洲食卵蛇能吞下一个比它的头还大的蛋。一条巨蟒能吞下一整头猪，连蹄带身体整个吞下！

巨蟒缠绕着它们的猎物，紧勒它们直到死去。其他的蛇，例如蝰蛇和响尾蛇，有毒腺。中空的牙把毒液注射进受害者的身体中。有的眼镜蛇对着攻击者的眼睛喷出毒液。

蛇的舌头帮助它嗅东西。

耳朵和眼睑

脆蛇其实是蜥蜴。如果敌人抓住了它的尾巴，脆蛇就断掉尾巴逃走。这样做对它一点也没有损伤。它不久就会长出新尾巴。

和蛇不同，多数蜥蜴有4条腿。

有时候很难辨认一只动物是不是蜥蜴。有的蜥蜴看上去像蛇，而有的蜥蜴看上去非常像蠕虫。

有三样东西是所有的蜥蜴都有的。它们全都有能闭上的眼睑，头上有耳朵，以及长尾巴。多数蜥蜴有4条腿。但是有几种蜥蜴根本就没有腿，例如脆蛇、蛇蜥。

蜥蜴是生活在地上或树上的爬行动物。多数生活在温暖的热带地区，但有的生活在冬天寒冷的区域。蜥蜴的鳞皮有助于在天气非常炎热的时候保持体内的水分。

和其他爬行动物一样，蜥蜴是冷血动物。但是和有的**温血动物**一样，有的蜥蜴在寒冷的冬天会冬眠。

得克萨斯角蜥

所有的蜥蜴，比如这只壁虎，都有能张开和闭上的眼睑。

这只加拉帕戈斯鬣蜥正在蜕皮。

长得太迅速，皮肤包不住

一条束带蛇在草上扭动。它的皮肤干了，在底下新的皮肤已经形成。因此这条蛇用嘴蹭树干。嘴唇周围的皮肤裂开了。但是这并不会伤到蛇。现在，它皱巴巴的旧皮挂在了尾巴的尖端。

不久，这条蛇来到了一些岩石上。它转动了一下尾巴，向前爬去，把旧皮留在了身后。这条蛇带着从旧皮底下长出来的新皮爬走了。

　　每隔几个月，蛇就长大到它的皮肤包不住。每次它都要从旧皮中爬出来，抛弃旧皮。

　　蜥蜴也要掉皮。不过，由于它们有脚，它们不能像蛇那样整片地去掉旧皮。蜥蜴一点一点地撕掉旧皮。

一条旧蛇皮出现（特写），它将会变干、变薄。

凶恶的爬行动物

在一个沼泽岸边，空气凤梨从一株落羽松上垂掉下来。平静的水面上，一只乌龟在睡莲中游泳。但是有一双亮晶晶的眼睛在附近静静地盯着。"喀嚓"一声！乌龟已经成了一只饥饿的短吻鳄的午餐。

鳄鱼、短吻鳄和凯门鳄是属于鳄科的大型爬行动物。它们是恐龙的活亲戚。科学家通过研究它们，想要发现在很久很久以前爬行动物的生活是什么样子的。

鳄鱼和短吻鳄生活在热带地区。它们在河流、湖泊或其他浅水的沿岸晒太阳。鳄鱼和短吻鳄有比蜥蜴更厚、更重的身体。它们有一个长嘴，有强壮的两颌和许多锐利的牙齿。

小鳄鱼吃鱼，但是大鳄鱼能吃相当大的动物，包括乌龟。一只完全长大的鳄鱼用尾巴鞭打一下就能杀死一个人！

短吻鳄

鳄鱼

多数鳄鱼的嘴的前端是尖的，但是短吻鳄的嘴是浑圆的。

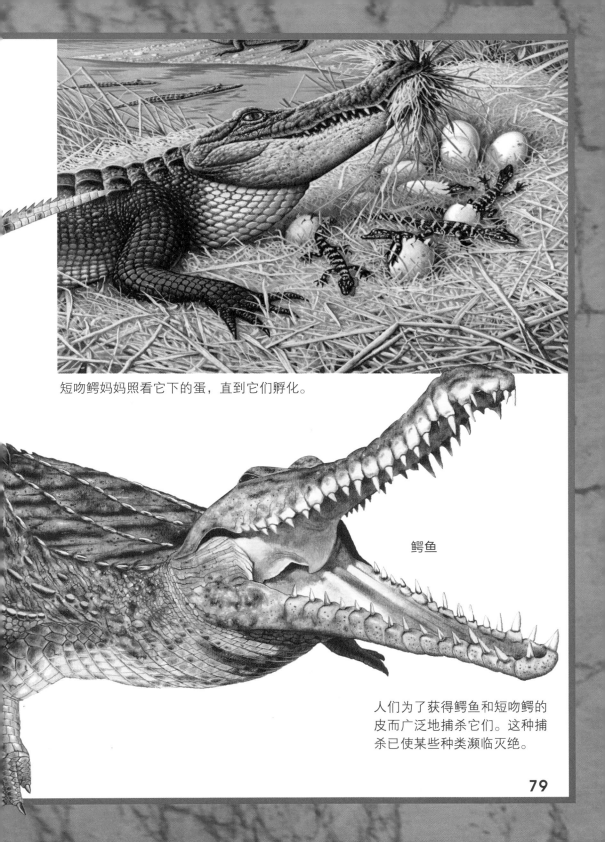

短吻鳄妈妈照看它下的蛋，直到它们孵化。

鳄鱼

人们为了获得鳄鱼和短吻鳄的皮而广泛地捕杀它们。这种捕杀已使某些种类濒临灭绝。

什么是两栖动物？

蟾蜍

你能想到一种动物，它在幼小的时候生活在水中，长大后生活在陆地上吗？青蛙！没错！

青蛙属于**两栖动物**。和爬行动物一样，两栖动物是冷血动物。但是和爬行动物不同的是，两栖动物下的卵是软的，没有壳。这些卵很容易干掉，因此两栖动物必须把卵下在水中或潮湿的地方。多数两栖动物的宝宝出生在水中。它们看起来就像鱼的宝宝，而且它们和鱼一样用鳃呼吸。

多数两栖动物长大后，它们的鳃消失了。然后两栖动物就来到陆地上生活。它们用肺呼吸，和鸟、狗以及人一样。

如果有一只动物是冷血动物，它的生命的第一部分生活在水中，第二部分生活在陆地上，那么它就是两栖动物。

赤水蜥

青蛙

斑点钝口螈

80

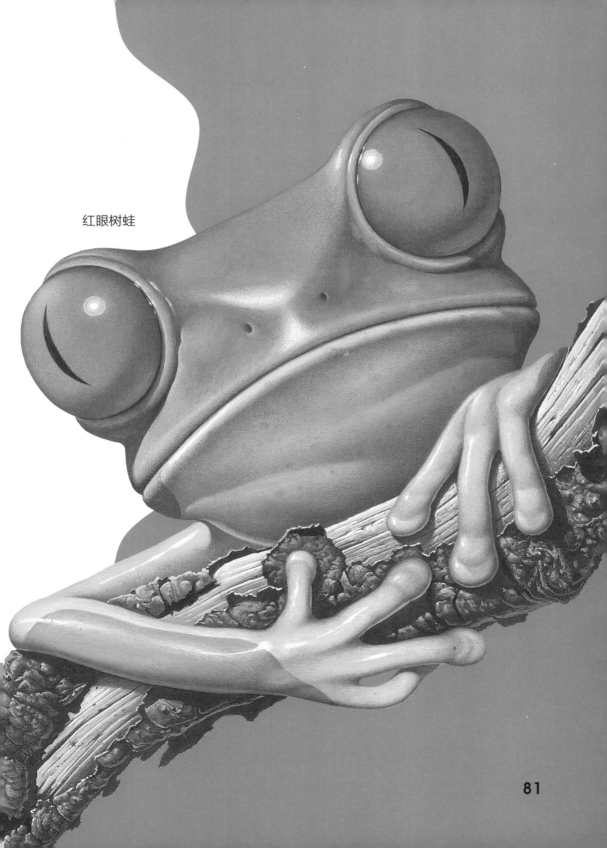

红眼树蛙

这只美西蟾蜍伸出舌头抓蚯蚓。

两栖动物猎手

青蛙和蟾蜍与狮子和老虎有什么相同之处吗？它们都猎捕生物来吃。但是这些两栖动物是用舌头，而不是用锐利的爪子和牙齿来抓住食物。青蛙和蟾蜍吃**昆虫**和蠕虫——也吃小青蛙和小蟾蜍。大牛蛙会吃小乌龟、蛇、老鼠和鸟。

青蛙和蟾蜍只吃活动的东西。一只昆虫在青蛙或蟾蜍面前一动不动的话，它会是安全的。但是如果这只昆虫哪怕是最轻

微地晃动一下，青蛙或蟾蜍就会看到它，把它给吞吃了。

　　许多种两栖动物，包括青蛙和蟾蜍，用它们长长的、黏黏的舌头来抓住食物。如果一只昆虫靠近一只两栖动物，两栖动物将会慢慢行动，越靠越近，直到——噼啪！它的舌头射出去，把昆虫拉进嘴中。

　　有的青蛙属于最毒的动物。亚马孙色彩鲜艳的箭毒蛙只有2.5厘米长，但是它的皮肤对捕食者来说是致命的。

箭毒蛙

树蛙等着抓苍蝇或其他昆虫。

一只青蛙的生活

许多种蛙的生活周期要用几个月的时间，从卵变成蝌蚪，再变成蛙。你见到过上图所示的所有不同阶段吗？

早春，一只雌青蛙在一个湖泊或池塘里下了几千个卵。几天甚至几星期后，小小的蝌蚪摇摇摆摆地从卵中游了出来。

蝌蚪游来游去，啃咬植物。它们还用鳃呼吸，和鱼一样。但是用来呼吸空气的肺正在它们的体内生长。

到了一定时间，蝌蚪长出了小腿。许多蝌蚪被鱼和水中的昆虫吃掉了。

几个月后，蝌蚪能离开水，并用肺呼吸空气。它们现在是小青蛙了。它们短小的蝌蚪尾巴萎缩，然后消失。

到夏天结束的时候，青蛙完全长大了。在冬天，它们将在池塘底冬眠。到了春天，雌青蛙将会产下新的卵。

一只动物从微小的卵一直到完全长大成年要经过不同的阶段。这些阶段是它的生活周期的不同部分。你能把这些表示一只青蛙的生活周期的图画按顺序排列吗?

有腿的蝌蚪

长大的青蛙

没腿的蝌蚪

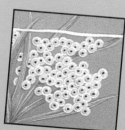

几千个卵

答案：卵，没腿的蝌蚪，有腿的蝌蚪，长大的青蛙。

有尾和没尾的两栖动物

这只红蝾螈有尾巴。所有的蝾螈都有尾巴。

青蛙和蟾蜍看起来很相似。但是仔细看看，你将会看到有些不同。蟾蜍要比青蛙肥胖，后面的腿也比较短。蟾蜍的皮肤是粗糙和干燥的。青蛙的皮肤是光滑和湿润的。多数蟾蜍的皮肤上有肿块，看上去就像疣。但是如果你摸了蟾蜍，你不会因此就长疣。

青蛙和蟾蜍没有尾巴。被称为蝾螈的两栖动物全都有尾巴。蝾螈有许多种。生活在美国的小脊口螈的身长还不及你的一根手指头长。生活在日本的大鲵的身长则比你的身高还长。

在所有的两栖动物中，最奇特的是蚓螈。蚓螈生活在热带地区，看上去像肥大的蠕虫。有时它们像人的拇指那么粗，像人的腿那么长——甚至更长！

这只蝾螈宝宝生活在落叶中。

它是青蛙还是蟾蜍？左边动物的皮肤长疣，是干的，这告诉你它是一只
蟾蜍。右边动物有湿润的皮肤和长的后腿，这告诉你它是一只青蛙。

认识鱼类

海马

海豚和海马生活在水中。海豚看上去像鱼，但它不是鱼。海马看上去不像鱼，但它却是鱼。

你如何能辨别一个动物是鱼？所有的鱼都有脊椎，而且所有的鱼都有**鳃**。鳃是鱼头上的开口，用来呼吸。

河鲈

多数鱼覆盖着鳞。鳞是圆形或菱形的小块硬皮。

而且几乎每种鱼在它的腹部、背上、两侧或尾部有鳍。

海鳗

如果一只动物有鳃、鳞和鳍，并生活在水中，那么它就是一条鱼！

扳机鱼

观鱼

一条天使鱼在水族缸里游泳。它的嘴张开又关闭，张开又关闭。这是它的呼吸方式。水流进它的嘴，从它的头部两侧的鳃流出来。鳃从水中获得氧气，然后氧气进到鱼的血液中。和所有的动物一样，鱼需要氧气才能生存。

天使鱼游泳的时候，它左右摆动尾巴。这帮助它向前游去。鱼用鳍来游泳、控制方向并保持平衡。一个叫做鳔的气囊帮助它保持在一定的深度。

天使鱼看上去像是用宽大的眼睛盯着你。多数鱼有非常好的视力。通过在头的两侧一边一个的眼睛，鱼能够同时看到几乎所有方向的东西。

水族缸放在不太热也不太冷的地方。天使鱼就像所有的鱼一样，是**冷血动物**。它的身体和周围的水一样温暖或寒冷。如果水族缸放在寒冷的地方，水会变得太冷，鱼将会死去。

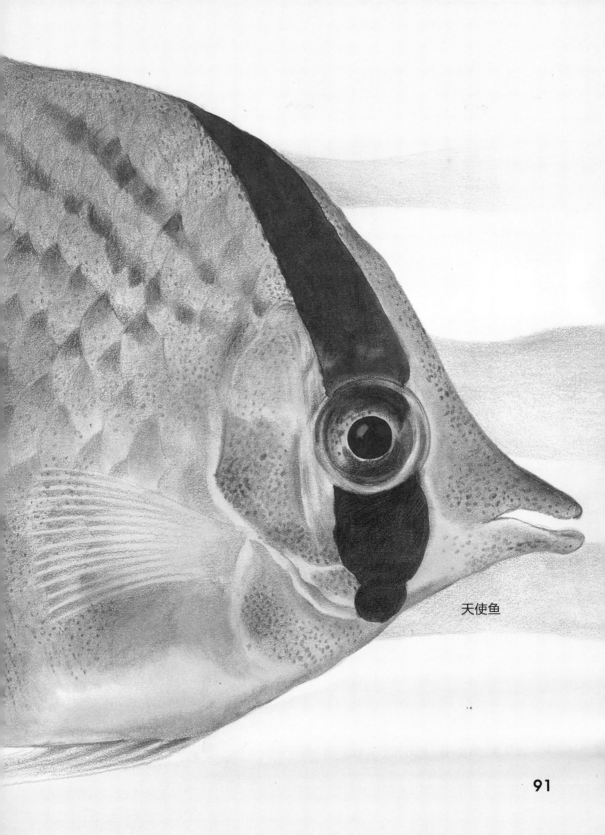

天使鱼

91

成群结队的生活

在海滩上，有些细小的棕色鲦鱼在靠近你的脚的地方游泳。它们游得越来越近，然后一起转身。如果有一条鱼感到危险，它飞快地游走，那么靠近它的鱼也快速转身。鱼彼此互相模仿，速度非常快，以至于看上去好像是同时在移动。

有些种类的鱼成群结队地游泳。在一个鱼群里可能有成千上万条鱼，但是它们一起行动。它们全都用相同的方式、相同的速度一起游泳。在鱼群里游泳的鱼能保平安。一条孤独地游泳的鱼很容易成为比它大的动物的食物，或者成为某人撒的渔网的目标。但是一大群鱼能够迷惑敌人。

鱼群里的鱼也比较容易发现食物，因为成千上万双眼睛都在盯着。如果一条鱼发现了食物并转身向它游去，那么整个鱼群都会跟着过去。

并不是所有的鱼都生活在鱼群中。捕捉猎物的鱼，例如鲨鱼，通常自己生活。有的鱼只有在它们吃东西、休息或产卵，或者在它们年幼时，才组成鱼群。

一群石鲈

全知道 一个鱼群可能有很多鱼，也可能只有很少的鱼。例如，一个金枪鱼鱼群也许只有25条鱼，但是一个鲱鱼鱼群也许有几百万条鱼！

大鱼吃小鱼

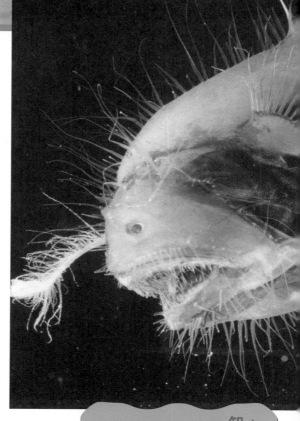

如果一个动物或植物生活在水中，它很可能成为一条饥饿的鱼的食物。

在海洋里，多数鱼只吃其他的鱼。大型的海鱼，例如鳕鱼、大海鲢和金枪鱼，吃比它小的鱼——鲱鱼、沙丁鱼和鳀鱼。当然，有时这些大鱼后来又成了鲨鱼的食物！

在河流和湖泊中，鱼也吃鱼。但是有的在它们的膳食中加入其他美味。鳟鱼跃出水面猛地咬住飞翔的**昆虫**。鲈鱼、狗鱼和弓鳍鱼等饥饿的大鱼贪婪地吞下青蛙、小鸭子甚至小麝鼠。

有些种类的鱼也吃植物。鲤鱼和下口鲶在河流和池塘的底部游来游去。它们用细小的牙齿把长在泥里的植物一点点地咬掉。

有的鱼吃植物、动物和其他

许多种鱼的身体特别适合捕捉食物。在海洋最深处的某些鱼的身体会发出闪光，用来吸引猎物。有的琵琶鱼（上）的身体的前端有一个悬摆的部分，能够当作捕捉其他鱼的诱饵。电鳗用电击将它们的猎物打晕过去。

全知道

河鳟　白斑狗鱼

大口黑鲈　鲤鱼

有机体。鹦嘴鱼吃一种叫做藻类的像植物的有机体，以及生活在珊瑚中的小蠕虫。翻车鱼吃小虾、小鱼、水母和藻类。

最大的鱼吃最小的食物。鲸鲨、大蝠鲼和姥鲨只**吃浮游生物**。

鲨鱼什么种类的鱼都吃。

尽职的鱼爸爸

海马照看它们的宝宝的方式很不寻常。雄海马用腹部上的一个育儿袋携带雌海马产下的卵。

鱼卵大多数从未孵化。许多鱼卵被冲到岸上，干掉了，还有许多鱼卵被其他的鱼吃掉了。因此，在大海这个危险的世界里，有的雄鱼给它们的卵额外的照顾。

雄小口黑鲈甚至在幼鱼孵化出来之前就开始照顾它们了。雄小口黑鲈在沙里做了一个宽敞的、盘子形状的洞，让雌鱼把卵下在那里。这些卵很黏。它们黏在沙上，不会漂走。

在雌鱼下了卵之后，雄鱼就完全靠自己来守护它们。它用尾巴对着卵扇动。这样能让卵周围的水保持新鲜，有助于它们孵化。

幼鱼孵化出来以后，雄鱼看护着它们学习游泳。任何东西靠近了，雄鱼都会和它战斗。后来，雄鱼守护它们去寻找食物。

雄大颚鱼把卵含在嘴里。卵孵化后，它继续在嘴里含着幼鱼，直到它们大到能够自己生活。然后它把它们吐到水中，让它们游走。

这条雄大颚鱼藏身在洞里，把卵含在嘴里加以保护。

鳃棘鲈

吵闹的海底世界

咕噜、嘎嘎、呼噜、吱吱、滴答和咆哮——海洋是个吵闹的地方！这些声音许多是鱼制造的。

有的鱼是根据它们发出的声音来命名的。有一种鱼磨牙发出一种咕噜声。那种鱼在英文里就被叫做咕噜鱼（grunt，即石鲈）。另一种鱼在英文里叫嘎嘎鱼（croaker，即石首鱼）。你能猜出为什么吗？

青鳕、黑线鳕、天使鱼、石斑鱼以及许多其他的鱼也能发出咕噜声。它们通过把肌肉对着体内充气的囊——鳔振动而发出咕噜声。海马用头部的骨头撞击背部的骨头，发出滴答声。

鲨鱼有时发出咆哮声。但是它们并不是真的在咆哮——它们是在打嗝！许多鲨鱼吞下空气来

帮助它们停在靠近水面的地方。在它们要
潜到深水的地方时，它们不得不打嗝吐出
空气。这种打嗝声像是咆哮声。

　　科学家研究鱼发出的声音，看看它们
有什么意思没有。他们说许多声
音好像是雄鱼发出来
呼叫雌鱼的。其他的
声音是鱼发出来准备
作战的。

天使鱼

鲨鱼打嗝的时候，它们有时发
出一种像是在咆哮的声音。

一个奇妙的水世界

养鱼当宠物很有趣。许多人有水族缸，觉得养鱼真是一件赏心悦目的事，因为它们有这么多的形状和大小。最容易照看的鱼是淡水鱼，例如金鱼和孔雀鱼。为什么不现在就开始建你自己的水族缸呢？

你将需要：

- 一个大玻璃缸
- 气泵和过滤器
- 干净的细沙
- 干净的小石子
- 一个旧盘子
- 水草
- 鱼食
- 淡水鱼，例如金鱼或孔雀鱼
- 自来水

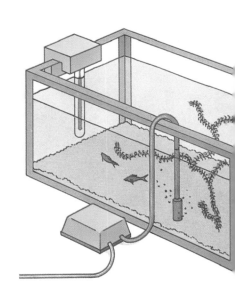

怎么做：

1. 用温水清洗水族缸。绝不要用肥皂清洗水族缸或沙子和石子。它会毒死你的鱼。在缸的底部铺一层细沙。在上面覆盖小石子。在沙里种植水草。

2. 把过滤器和气泵固定在缸上。它们有助于水保持新鲜、干净。然后，把一个旧盘子放在小石子上，不要压着水草。对着盘子慢慢地倒水，以免沙子和

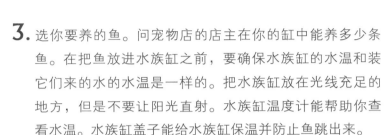

石子散开。缸充满了水以后，取出盘子。自来水通常用氯处理过。让水放置几天，以去掉氯。

3. 选你要养的鱼。问宠物店的店主在你的缸中能养多少条鱼。在把鱼放进水族缸之前，要确保水族缸的水温和装它们来的水的水温是一样的。把水族缸放在光线充足的地方，但是不要让阳光直射。水族缸温度计能帮助你查看水温。水族缸盖子能给水族缸保温并防止鱼跳出来。

4. 每天用少量的食物喂鱼。不要喂过量了。没有吃完的食物沉到缸底并腐烂掉。这会产生细菌，能伤害甚至杀死鱼。

5. 你也许每隔一两周就需要清洗水族缸。请大人用一根虹吸管放掉大约三分之一的水。虹吸管也能用来吸走石子上的排泄物。用刮刀刮掉缸壁上的藻类。用一块湿海绵擦洗水面以上的玻璃。绝不要用肥皂。用已经在没有盖的容器中放置了几天的自来水重新灌满缸。

在恰当的照看下，你养的鱼应该会为你提供长时间的乐趣。

可怕的鲨鱼

大白鲨

许多人害怕鲨鱼。但是鲨鱼大多是无害的。事实上，最大的鲨鱼——鲸鲨和姥鲨只吃小鱼和浮游生物。

大白鲨和鼬鲨更为危险。它们吃几乎任何东西，从垃圾到大鱼、海豹和海龟都吃。另一种危险的鲨鱼是双髻鲨。它有一个宽阔的头部，形状就像锤子，两端各有一个眼睛。已知这些鲨鱼会攻击人类。

小鱼们追随着一条鼬鲨。它们吃它的残羹剩饭。

鲨鱼在几个方面与大多数其他的鱼不同。它们的骨骼不是由骨头组成的，而是由强壮的橡皮一样的软骨组成的。鲨鱼的鳞不像其他的鱼那么光滑。它们就像数百万个细小、粗糙的牙齿在保护着鲨鱼。鲨鱼的鳃是开着的，不像其他的鱼那样是盖着的。它们看上去就像鲨鱼身体两侧的裂痕。鲨鱼也不像其他的鱼那样有鳔。替代鳔的作用的，是它们的肝脏，它充满了比水还轻的油。而且，吞下空气也帮助它们保持漂浮状态。即便如此，如果一条鲨鱼停止了游泳，它将会下沉！

鲸鲨

姥鲨

白鲨

鼬鲨

长尾鲨

双髻鲨

睡鲨

须鲨

全知道

鲨鱼有大约350种，其中只有50种被认为对人类有危险。每年全世界发生鲨鱼攻击人的事件不到100起。

鲸鲨

103

怪鱼

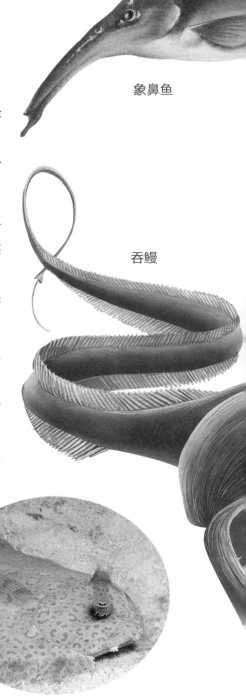

象鼻鱼

吞鳗

鱼有成千上万种。如果你想要选一种最怪的鱼,你会感到很难办。

跳跳鱼的头像青蛙,身体像鱼。它常常在陆地上爬。它能跳起来,用嘴抓住飞虫。

射水鱼用水把食物射下来。射水鱼在水面下游泳,直到有一只甲虫嗡嗡地飞过。然后射水鱼从嘴里射出一道水。水击中甲虫,力道很大,使它掉进水中。射水鱼把它给吞吃了。

象鼻鱼的名字起得恰如其分。它的长鼻子看上去像一根象鼻子。

叶形海龙的样子也很奇怪。它们有长而尖的鳍,让它们看上去就像是一片海草。

吞鳗看上去就像是一个巨大的嘴巴带着一条长长的、逐渐变细的尾巴。它能张大嘴,大到能够吞下一条比它自己还要大得多的鱼。

比目鱼的两个眼睛在身体的同一侧。

叶形海龙

比目鱼的两个眼睛都在身体的同一侧。还有，别忘了玻璃鲶。你能看到它的身体内脏。

这些只是生活在世界上的怪鱼中的几种。你认为哪一种是最怪的？

认识无脊椎动物

鱼、**哺乳动物**和鸟类都有一样东西——脊椎。它们属于**脊椎动物**。但是海里最令人惊奇的动物中有的没有脊椎。它们属于**无脊椎动物**。

寄居蟹

有的无脊椎动物非常巨大，例如大王鱿。有的非常细小，小到你要用显微镜才能看到它们。

有的无脊椎动物，例如螃蟹、蛤和海蜘蛛，有硬壳。壳保护它们柔软的身体。其他的无脊椎动物，例如海星和海胆，有刺保护它们。水母和其他无脊椎动物全身都是软的。水母看上去就像是一团透明的东西。它们在海里优雅地漂来漂去。它们靠螫人的触须来保护自己！

不管它们有壳，有刺，还是有螫人的触须，无脊椎动物都属于海里最有趣的生物！

珊瑚

章鱼

大王鱿是如此巨大，以至人们曾经以为它是海怪。大王鱿的眼睛大约和这本书打开时一样宽。

107

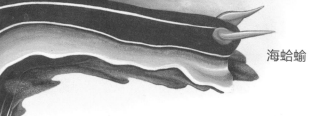
海蛞蝓

辉煌的软体动物

设想你有一个柔软的身体，没有脊椎支撑你，而且只有一只脚帮你运动。蛤就像这个样子。蛤属于**软体动物**。软体动物有柔软的身体，没有骨头。有的软体动物，例如蜗牛、蛤、牡蛎和扇贝，有外壳保护自己。鼻涕虫、章鱼和鱿鱼是没有外壳的软体动物。

软体动物生活在世界上大部分地区。陆地蜗牛和鼻涕虫生活在陆地。章鱼、鱿鱼和牡蛎生活在海洋里。有的蛤和蜗牛生活在河流、湖泊、池塘和溪流中。

陆地蜗牛是一种有壳保护柔软身体的软体动物。

108

不管软体动物生活在哪里，它们都必须让身体保持湿润才能生存。这就是为什么在潮湿的树叶下或土壤中能发现鼻涕虫和某些陆地蜗牛的原因。

有的软体动物生活在两片壳之间，壳能像一本书一样打开和合上。这些动物叫双壳类。蛤、鸟蛤、贻贝、牡蛎和扇贝属于双壳类。双壳类通常让它们的壳开一条小缝，这样食物就能漂进去。它们吃水中漂浮的细小植物。

大砗磲生活在两片壳之间。它能打开和合上壳。

嗯嗯嗯，软体动物！

全世界的人们每天都吃软体动物。在法国，人们喜欢吃蜗牛。在意大利，炸鱿鱼是受人喜爱的零食。日本人喜欢吃大砗磲。在美国，人们爱吃扇贝和一种叫帘蛤的厚壳蛤蜊。

全知道

扇贝

章鱼长长的、像橡胶一样的腿和凝视的眼睛看上去很可怕。

真实的活海怪

它有8条长长的、像橡胶一样的脚和两只巨大的、凝视着的眼睛。章鱼对有些人来说样子非常可怕，它有时被叫做魔鬼鱼。但是章鱼攻击人的事件很罕见。它们用称为触手的长臂捕捉甲壳类动物，并游离危险。

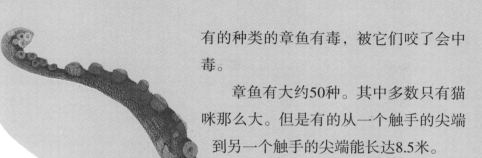

有的种类的章鱼有毒，被它们咬了会中毒。

章鱼有大约50种。其中多数只有猫咪那么大。但是有的从一个触手的尖端到另一个触手的尖端能长达8.5米。

章鱼是软体动物。它没有骨头，但是覆盖着坚硬的套膜保护它的身体，并保持身体形状。在每个触手下方排列着圆形的肌肉作为吸盘。这些吸盘能抓住物体，即使章鱼的触手被切断！

章鱼受惊吓时会产生一团墨黑的液体。墨黑液体使得敌人难以见到或闻到章鱼。这是章鱼逃跑的方法。

全知道 ?

章鱼的英文名称octopus来自希腊文，意思是"8只脚"。

水下花园

蜘蛛蟹在吃活珊瑚中
柔软的珊瑚虫。

一只看上去像一朵小花的动物在海里漂下来。它把自己固定在多沙的海底。然后它从水中吸取化学物质，围绕着自己建造一个小石杯。

不久这个小动物出芽了，就跟一朵花一样。芽生长变成了另一个像花的动物。新动物围绕自己建一个石杯，然后也出芽。

小石杯年复一年地一层层堆积起来。在每个石杯里是一个像花一样的小动物。

石杯里花一样的动物叫珊瑚虫。珊瑚虫有红色、粉红色、橙色、蓝色、绿色和紫色。在夜晚，它们伸展、张开触手，看上去像花

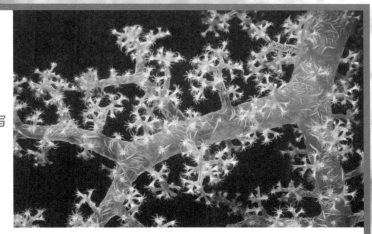

珊瑚虫特写

瓣。触手捕捉在水里漂浮的细小动物。

　　所有粘在一起的石杯叫珊瑚。珊瑚的形状可能像一片丛林，一把扇，一个圆球或一束花边。每个石杯里的珊瑚虫开放的时候，珊瑚看上去就像是一片开满鲜花的原野。

　　许多五彩缤纷的生物生活和藏在珊瑚制造的缝隙和管道中。

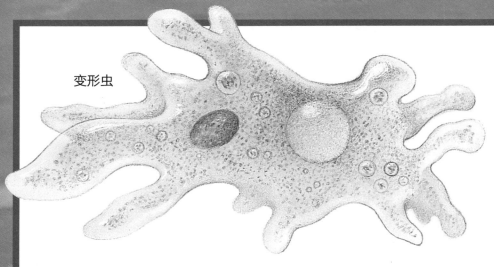
变形虫

显微镜下的生命

如 果你舀一杯海水，你也许能看到其中有几个生物。但是如果你在显微镜下看同一杯水，你将会看到成百上千或成千上万个小生物！

其中有的生物是微小的动物，有的是大动物的幼体。你也能看到像植物的生物。这些动物和植物大量地在海洋中漂荡。它们统称**浮游生物**。浮游生物是许许多多海洋生物的食物，从虾到鲸都吃它们。

在一杯池塘水中你将会看到不同的生物。有一种看上去

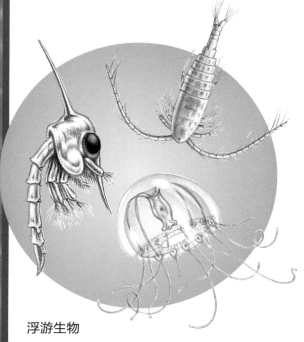
浮游生物

像是鞋底。它叫做草履虫，没有头没有脚。它也没有眼睛和嘴巴。它的身体覆盖着一排叫纤毛的小毛，草履虫用它就像用桨一样，在水里穿行。

另一种生物看上去就像是一个漏斗连着一根长管子。它在漏斗顶端的周围制造出一点漩涡，把食物吸进身体里。这种生物叫钟虫。

在池塘中还能找到的另一种生物是变形虫。它看上去就像是一团灰色的果冻，每移动一次它都改变形状。

虽然这些生物非常微小，但是它们是动物世界的重要组成部分。没有它们，其他许多动物将会挨饿。

草履虫

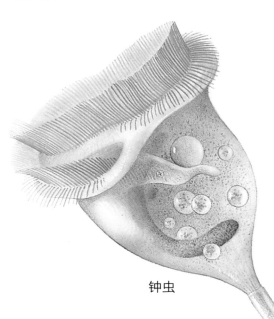

钟虫

毛头星在珊瑚中爬行，过滤水中的细小动物作为食物。

星形生物

哪种动物的手上有眼睛和脚，在吃东西的时候把胃推出体外？海星！

海星的身体形状就像一颗星，覆盖着硬皮。它们通常有5只手，有时更多。在每只手的底下有小管子，那是海星的脚。在每只手的末端有小红点，那是它的眼睛！

海星发现一个蛤蜊时，就爬到它的上面。它的管脚像胶水一样粘住蛤蜊的壳。然后海星慢慢地开始掰开壳。不久壳就开了一点点——只是一

条细小的缝。接着海星把它的胃从身体的一
个开口推出来，再推进两片蛤蜊壳之间。海
星的胃分泌的汁液把蛤蜊变成了一团糨糊。
海星就在蛤蜊的壳里把蛤蜊消化掉了。

如果海星掉了一只手，它会长出一只新的
手！事实上，如果海星被撕成两半，每一
半都会长成一个新的海星。

海参

毛茸茸的饼干和其他

沙钱

海洋充满了令人惊奇的动物。沙钱就像一个长茸毛的饼干，但是它是一种生活在沙里的动物。它靠许多看上去像小管的脚移动。人们常常在海滩上发现沙钱硬币形状的白色骨架。

海参又叫海黄瓜，在花园里找不到它。它是一种有长圆形的身体的动物，看上去有点像黄瓜。在一端是它的"手指"和嘴。这种动物用它的手指捕捉漂浮在水中的食物。然后把每根手指一次一根地放进嘴里，享受一顿美餐。

另一种不寻常的动物看上去就像一个会爬行的插满针的垫子。这种生物叫海胆，是海星的亲戚，但它是圆鼓鼓的。

红海鞘是海鞘的一种。多数种类的海鞘只是一个浑圆的身体，有两个像小嘴的开口。一个嘴把水吸进去，另一个嘴把水喷出来。海鞘吃它吸进的水里的微小动物和植物碎片。

这个海胆看上去就像一个针垫。它的刺保护它抵抗敌人。

海鞘吸进水，然后喷出来！

119

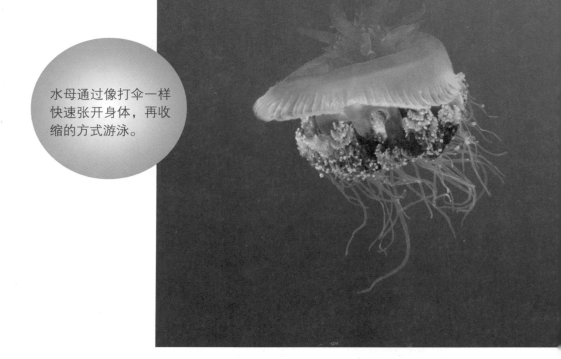

水母通过像打伞一样快速张开身体，再收缩的方式游泳。

很优美但很致命

海洋中有一些最优美的生物对小鱼和虾来说是最致命的。海葵和水母看上去都像漂亮的花朵，但是它们用毒刺螫**猎物**。

海葵是因为它们看上去像葵花而得名的。这种动物生活在海底，常常生活在温暖的珊瑚礁或海边岩石之间的潭水里。海葵能够缓慢地移动，但是它宁愿待在一个地方。

为了捕捉到小鱼和虾来吃，海葵伸展它的手。这些手上到处都是细小的刺。当海葵碰到猎物时，它射出一种毒素。毒素让猎物没法动弹。接着海葵用手把猎物送进嘴里。

水母看上去就像是一朵上下颠倒的郁金香。它的身体就像一把透明的伞，挂着很多条长刺。水母大部分由水组成。它如果被冲刷到海滩上，看上去就像是一团无色的果冻。

水母通过张开和收缩整个身体的方式游泳。它如果停止运动，就沉到了海底。在它漂着向下沉时，它用触须螫小动物，捕捉它们。

全知道

有的人被一种叫海黄蜂的水母螫了，几分钟后就死了。海黄蜂生活在澳大利亚北部和菲律宾的海岸。

海葵

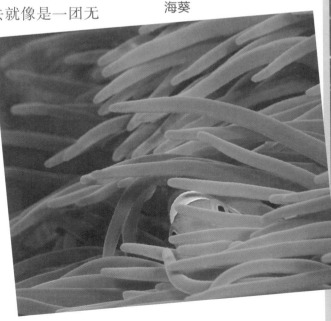

认识节肢动物

瓢虫

什么生物有8条腿，用网捉其他动物？蜘蛛！什么动物用6条腿跳来跳去，身体的两边有耳朵？蝗虫！什么10条腿的动物挖地道？螯虾！

这个世界充满了这些叫做**节肢动物**的多腿生物。节肢动物的身体分成几节，每节都覆盖着一片外壳。节肢动物的体内没有骨骼，但是有坚硬的外壳保护着它们。大型的节肢动物，例如螃蟹和龙虾，有沉重的厚壳。会飞的小节肢动物，例如蜜蜂和蝴蝶，有轻得多的外壳。

节肢动物生活在每一个地方——丛林、沙漠、海洋、洞穴、山顶和你居住的小区花园。整个夏天你都能够看到它们蠕动、爬行和飞翔。

狼蛛

螯虾

如果一只动物有许多条腿，身体分成几节，那么它就是节肢动物。

122

蝗虫

用六条腿爬行

腹部

它们嗡嗡叫。它们悄悄觅食。它们爬来爬去。它们有的咀嚼叶子，有的吸花蜜，有的啃木头，有的喝血。它们能小得像针眼，或者能有大人的鼻子那么大。它们是什么？**昆虫！**

昆虫生活在几乎每一个地方，从最炎热潮湿的

头部

胸部

这只苍蝇和所有的昆虫一样有6条腿，身体分成3部分——头部，胸部或中间部分，以及腹部或后面部分。

蝗虫

丛林到最寒冷的山顶和最干燥的沙漠。无论你生活在哪里，你肯定都看到过昆虫在嗡嗡叫、悄悄觅食和爬来爬去。

苍蝇、蚂蚁、蜜蜂、蝗虫、甲虫、蟋蟀和蝴蝶全都属于叫做昆虫的动物类群。就像所有

的昆虫，这些生物有6条腿。多数昆虫还有翅膀。

　　昆虫会干一些令人惊奇的事情。有的昆虫，比如苍蝇，用脚品尝味道。多数昆虫摆动头上两根叫做触角的感官闻气味。

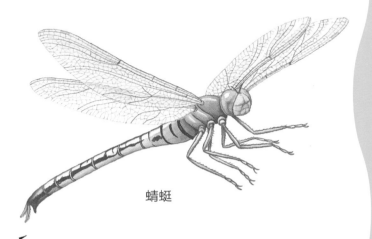

蜻蜓

有的昆虫没有眼睛，而有的昆虫有5个或更多个眼睛。许多昆虫用身体上的毛听声音，而有的昆虫在它们的腿上或身体的边上有"耳朵"。

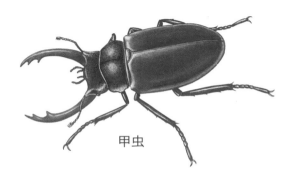

甲虫

　　蛾和蝴蝶都是昆虫，看起来很相似。以下告诉你如何区分这两者。

● 多数蝴蝶在白天飞行，而多数蛾在夜晚飞行。

● 多数蝴蝶在触角的末端有膨大的圆球，而多数蛾没有。

● 多数蝴蝶有细长、无毛的身体。多数蛾的身体是肥胖和有毛的。

● 多数蝴蝶在休止的时候翅膀垂直立在身体上方。多数蛾在休止的时候翅膀是平平张开着的。

蛾

蝴蝶

惊人的变化

蝴蝶很美丽，但是它们的生命很短暂。多数蝴蝶只活大约一星期，刚好够用来找到配偶。在蝴蝶交配、雌蝴蝶产卵的时候，它们在重复一个惊人的过程。卵变成了毛毛虫，再变成蛹，又变成成年蝴蝶，这个变化过程叫**变态**。

6. 大约在第12天，蛹裂开，一只帝王斑蝶挣扎着出来。不久它的翅膀变平并展开，然后它飞走了。

5. 毛毛虫蜕皮并形成一个硬壳，也就是茧。毛毛虫现在成了蛹了。它倒挂12天。在壳里它慢慢地改变形状。

1. 一只帝王斑蝶在一片树叶的背面产卵。

2. 大约4天后，卵孵化成小毛毛虫。每只小毛毛虫有16条腿和12个眼睛，分布在身体的两侧。

3. 饥饿的毛毛虫吃啊吃啊，长得越来越大。时不时地它的皮肤裂开，并长出新皮肤。

4. 两周后，毛毛虫用一团黏丝把自己系在树枝上。

127

微小，但是致命

苍蝇

在你想到危险动物的时候，你想的是不是凶恶的鲨鱼和饥饿的狮子？你应该也想到另一种危险动物——苍蝇。为什么？因为苍蝇携带细菌，有的细菌能引起疾病！

苍蝇用脚来品尝东西。在它们走过各种各样腐烂的食物和植物时，它们在脚上收集了病菌。然后它们停在新鲜食物上面，到处留下病菌。

苍蝇在它们吃东西的时候也传播病菌。苍蝇只能吃液体食物。它从它的胃里泵出一种特

一只雌蚊子停在鼯鼠上面，准备吸它的血。

128

雌蚊子

殊的汁液，把食物变成液体。苍蝇可能吸取了带有病菌的食物。也就是说，有些病菌到了苍蝇的胃里。如果苍蝇泵出一些胃液到你桌上的食糖里，病菌就进了食糖。如果你吃了那些糖，病菌就进入你的体内了！

蚊子也会是危险的敌人。雌蚊子吸人血！它们刺破皮肤，用长长的口器吸血，留下发痒的叮伤。有时候，在蚊子吸血时，它们把微小的微生物注射进了血液中。蚊子携带的微生物能引起严重的疾病。

苍蝇停在食物上。

试一试
1

有的昆虫比别的昆虫更有益。你能把下面每种昆虫和它们的作用联系起来吗？

1. 蟑螂   a. 给花和蔬菜授粉；酿蜜
2. 蚊子   b. 毁坏庄稼
3. 蜜蜂   c. 咬人并传播疾病
4. 棉铃象鼻虫   d. 吃害虫
5. 瓢虫   e. 在家中吃食物并搞坏食物

答案：1.e；2.c；3.a；4.b；5.d.

一座木头蚂蚁城

一个蚂蚁巢就像一个小城市，在那里成百上千甚至成千上万只蚂蚁生活在一起。蚂蚁通过在地里挖隧道和储藏室来建巢。有的蚂蚁也在地面上建土堆，并盖上树枝和松针。

下页的图片显示一座木头蚂蚁城的局部情况。如果你仔细看，你会看到它们在那里正做着很多事。在巢的上方，一群工蚁正在寻找食物。有翅膀的那只蚂蚁是雄蚁。雄蚁什么工作也不做。

在巢里，上方的隧道中有两只蚂蚁正带来一片残叶。它们将用它修补蚁巢。另有一些工蚁正准备把茧带到另一个房间。在每个茧里头有一只蚂蚁宝宝。幼蚁长大后，将会破茧而出。

在下方的隧道中，有蚁后。它比工蚁大得多。它的一生都用来产卵。

蚂蚁工作起来似乎很聪明，但是蚂蚁能做事是因为它的身体接收到了信号，例如气味。不同的气味让蚂蚁做不同的事情。

全知道
几亿年前，蚂蚁就过着和现在一样的生活，做一样的事情了。

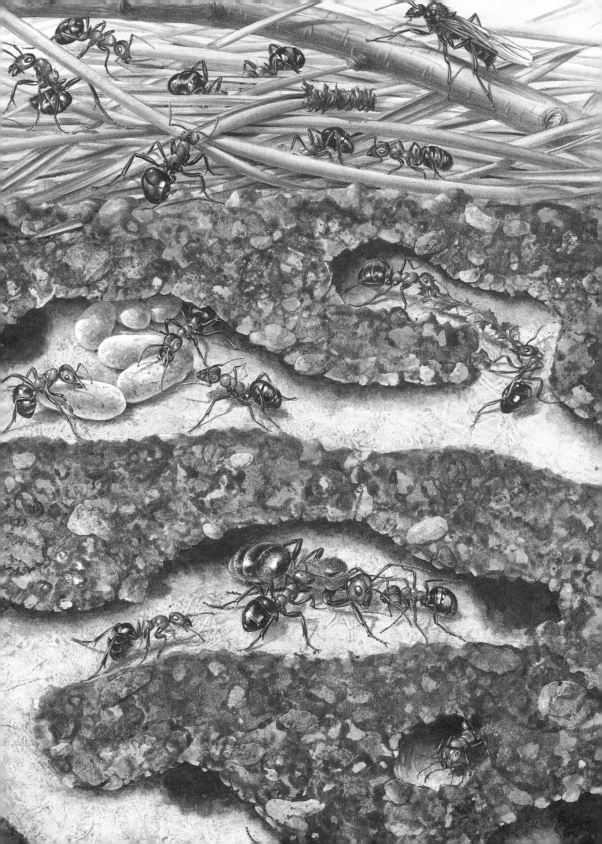

蜜蜂嗡嗡嗡

在蜂巢里面，有成千上万个微小的房间，叫巢室。这里显示的巢室有的装着蜜。

一只蜜蜂停在一朵花上。它伸出管状舌头，吸取甘甜的花蜜。在蜜蜂向花中推进的时候，一种叫**花粉**的黄色粉末就掉到了蜜蜂毛茸茸的身体上。之后花粉被擦掉落到蜜蜂后来访问的每一朵花上。一朵花需要来自同种的另一朵花的花粉制造种子。

蜜蜂也给自己带了一些花粉。它们把花粉和花蜜混合，带在后腿上。在蜜蜂满载了花蜜和花粉之后，它飞回了蜂巢。在那里工蜂拿走花蜜和花粉。几天后，花蜜将会变稠，成了蜂蜜。

在蜂巢里有成千上万个微小的房间，叫巢室。这些巢室是储藏室。有的充满了蜂蜜或花粉，它们是蜜蜂的食物。有的含有蜜蜂的卵或幼虫。有的装着在茧里的蜜蜂宝宝，这些年幼的蜜蜂正在变成成年蜜蜂。

花粉掉到了蜜蜂毛茸茸的身体上。

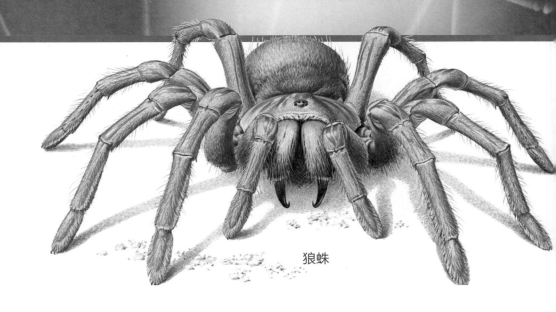

狼蛛

用八条腿爬行

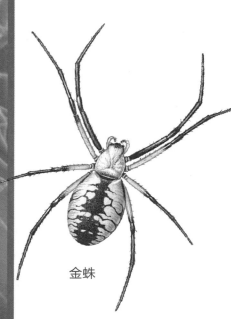

金蛛

许多人见到蜘蛛都会吓得发抖。但是多数蜘蛛是无害的，有的甚至是有益的。蜘蛛是怎么帮助人类的呢？它们吃很多种害虫。它们吃破坏庄稼的蝗虫。它们也猛吃传播疾病的苍蝇和蚊子。

许多人以为蜘蛛是昆虫。但是它们不是。昆虫有翅膀、触角和六条腿。蜘蛛既没有翅膀也没有触角，而且有八条腿。八条腿的动物叫**蛛形动物**。

蝎子是蜘蛛的近亲。蝎子生活在温暖干燥的地方，例如沙漠。蝎子和蜘蛛一样有八条腿。但是雌蝎子不产卵，和许多蜘蛛不同。蝎子宝宝是从妈妈的身体里冒出来的。它们爬到妈妈的背上吊在那里，由妈妈带着它们到处走。

蝎子用爪子抓猎物。然后它把受害者拉扯进嘴里咀嚼。有时蝎子用毒刺杀死猎物。这根毒刺在蝎子尾巴的末端，是一根锐利、弯曲的刺。有的蝎子的刺对人类很危险。

蝎子的尾巴上有毒刺。

你是不是认为自己知道很多有关蜘蛛的事情？测试一下！

试一试 1

1. 哪一种著名的无害"蜘蛛"其实不是蜘蛛？

2. 哪一种有毒的蜘蛛在它的腹部上方有一个沙漏形状的红色花纹？

3. 哪一种毛茸茸的大型蜘蛛有时被作为宠物养着？

a. 狼蛛

b. 盲蛛

c. 黑寡妇

答案：
1.b;2.c;3.a.

织网者

这只蜘蛛抓住了一只
比它还大的昆虫。

许多种蜘蛛织网捕捉飞虫。每种蜘蛛制造它自己特别的网，从小的黏性陷阱到巨大的、紧密编织的网。园蛛用丝织出的网从中央向外伸展，就像是自行车车轮上的轮辐。黑寡妇蜘蛛制造纠缠不清的网。草蛛做的网就像一件小床单。

蜘蛛网是用蜘蛛身体分泌的丝制造的。这种丝原来是液体，接触到空气后形成了一条细细的、高强度的丝线。蜘蛛织好网以后，它悬挂在网的下面，或者躲在附近。昆虫被网抓住，挣扎时摇动网，告诉蜘蛛晚餐准备好了！

有的蜘蛛有其他的方式捕捉食物。狼蛛和猫蛛追赶昆虫。跳蛛用跳跃的方法捕捉昆虫。有的蜘蛛甚至喜欢"钓鱼"！它们在溪流或池塘边守候，抓住游过的水生昆虫。

这只蜘蛛正在等着用它的网抓住一顿饭。

试一试 1

你能画一个简单的园蛛的网吗？

首先，画一个五边形。然后找到中心点，画一些从中心点到边的直线，就像车轮上的轮辐。然后用一些线连接轮辐，直到你有了自己的网！

1. 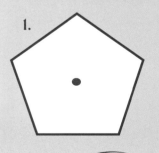　2. 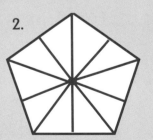　3.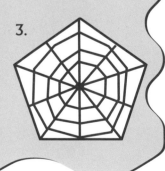

海里的节肢动物

美人虾

龙虾

许多种节肢动物生活在海里。龙虾、虾、螃蟹和藤壶全都是生活在海里的节肢动物。它们叫做甲壳动物，意思是这些动物有硬壳。龙虾身体的每个部分都覆盖着一层硬壳，就像盔甲一样。甲壳动物有硬壳，10条腿和4根触角。因为它们大多数时间生活在水中，甲壳动物和鱼一样用鳃呼吸。

龙虾用10条腿中的8条在海底行走。其他两条腿当手使用。每只手的末端有一个看上去很凶猛的螯。

虾看上去像细小的龙虾。有的种类的虾非常小，只有用显微镜才能看见。

螃蟹有扁平的身体。它的尾巴在身体其他部分的底下向前塞了进去。螃蟹不是向前行走，而是在海滩或海边岩石之间的浅水

藤壶能长在海
里的任何东西
上面。

里快速横行。

　　藤壶是把自己固定在岩石
或船底的甲壳动物。它们关闭在壳
内，只有腿伸了出来。它们摆动腿，捕捉
漂浮而过的食物。

锯缘青蟹

奇异的动物

双足蚓蜥

你知道有一种哺乳动物下蛋吗？一种亮蓝色的蜥蜴有粗短的脚？或者一种能在陆地上行走的鱼？动物有数百万种，其中有些真的很奇怪。

鸭嘴兽和针鼹似乎是部分是鸟的哺乳动物。鸭嘴兽看上去就像有水獭的身体，鸭子的喙和脚。针鼹看上去就像是一只尖嘴刺猬。雌鸭嘴兽和针鼹像所有雌哺乳动物一样用奶喂它们的宝宝，但是它们也和所有的雌鸟一样下蛋。

那种亮蓝色蜥蜴叫双足蚓蜥，看上去就像一只长了腿的蠕虫。它用两条微小的前腿爬行和挖洞。

会行走的鱼——弹涂鱼如果在水下待的时间太长会被淹死。它必须游到水面吞咽空气。有时它甚至爬出水面。它用鳍拉着自己往前走。

翻到下一页能读到更多的有关奇异动物的介绍。

弹涂鱼

140

针鼹

最大与最小

蓝鲸

吸蜜蜂鸟

鸵鸟

哺乳动物

混合蝠是最小的哺乳动物。它的体长不到2.5厘米，不及一只黄蜂大。蓝鲸是最大的哺乳动物。它有5头大象排列在一起那么长，是上面尺子的100倍。蝙蝠和鲸都是哺乳动物。狗也是。

混合蝠

鸟类

吸蜜蜂鸟是最小的鸟。它的体长只有5厘米，不及你的手指长。鸵鸟是最大的鸟。它比一个高个子的人还高，是上面尺子的8倍。鸵鸟和吸蜜蜂鸟属于鸟类。麻雀也是。

爬行动物

球趾壁虎有5厘米长。有一种球趾壁虎小到能在一把汤匙里打盹。网纹蟒是最长的爬行动物之一。它有6辆自行车排列在一起那么长，是上面尺子的30倍。壁虎和蟒蛇都是**爬行动物**。龟也是。

球趾壁虎

网纹蟒

巨螯蟹

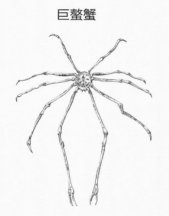

蟎

节肢动物

蟎是最小的**节肢动物**。它比这个句子后面的句号还小。最小的蟎小到你不用显微镜就看不见它们。巨螯蟹是最大的节肢动物。它的身体直径能长达4米，是上面尺子的13倍！蟎和巨螯蟹都是节肢动物。蚂蚁也是。

鱼类

微虾虎鱼是最小的鱼。它还不及你的手指甲长，大约1厘米。鲸鲨是最大的鱼。它比一节火车货车厢还要长一点，是上面尺子的50倍。虾虎鱼和鲸鲨都是鱼类。金鱼也是。

微虾虎鱼

鲸鲨

两栖动物

古巴雨蛙是最小的两栖动物。它差不多和一小枚硬币一样大，大约1厘米长。大鲵是最大的两栖动物。它大约和一辆自行车一样长，是上面尺子的5倍。蝾螈和蛙都是两栖动物。蟾蜍也是。

大鲵

古巴雨蛙

注意： 这两页的插图并未按比例绘制。

143

刺猬短小、锐利的刺警告其他动物别碰它。

动物装甲车

刺鲀在受惊吓时，用水充满身体，让身上的刺竖起来。

如果你看到一只穿山甲，你也许会说它看上去像是一个有腿和长尾巴的松果。

穿山甲是一种被盔甲保护着的动物。它身上覆盖着鳞片，看上去像松果上的鳞片，只是比较大。穿山甲受到惊吓时就滚成了一个球。然后它把头埋在腿之间，并用尾巴遮盖住腹部。它那边缘锐利

穿山甲（上图）受惊吓时，把自己滚成一个球（下图）。

的鳞片竖了起来，即使是老虎也不敢去咬它。

犰狳是另一种装甲动物。犰狳出生时皮肤是软的。但是随着它长大，皮肤也变成覆盖上了扁平的小骨片。犰狳把自己滚成一个坚硬的骨球来保护自己，即使是狼也难以咬它。

豪猪、刺猬、刺鲀和海胆也都穿戴着一种盔甲。它们的身体覆盖着尖锐的刺，防止其他动物咬它们。这些动物无法跑得很快，也不能好好地作战。但是穿盔甲能帮助它们生存下去。

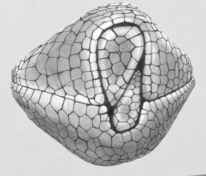

全知道

犰狳的英文名称 armadillo 的意思是"装甲小东西"。这张照片上是一只九带犰狳。你能看到它有9条由骨板组成的窄带吗？

145

天蛾幼虫能让自己膨胀，看起来像一条蛇。

动物冒充者

在动物世界里，有时不是吃别的动物就是被别的动物吃。为了安全地躲避捕食者，有的动物巧妙地隐藏起来，或冒充别的东西。

很难分辨出在一片叶子上的绿色蝗虫，高草上的虎斑蝶，或树皮上的棕色蜥蜴。它们的颜色使得它们在其**栖息地**难以被看见。有的**昆虫**也是捉迷藏的高手。它们的身体形状像树叶或树枝，甚至像鸟粪。这种融合到背景中去的做法叫做伪装。它使得动物难以被发现，因此能安全躲开捕食者。

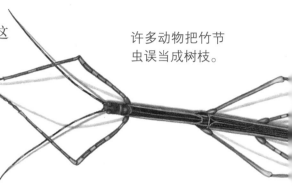

许多动物把竹节虫误当成树枝。

还有的动物是演员——它们欺骗捕食者不要碰它们。澳洲伞蜥在受到惊吓时，展开围绕着脖子的一层伞状皮肤，并张大嘴巴。这种既小又无害的蜥蜴突然间看上去既大又危险。负鼠和东部猪鼻蛇在感觉受到威胁时，就仰卧装死。

　　对有的动物来说，它们能否很好地躲藏或表演往往决定了它们是否能找到食物——否则自己变成食物！

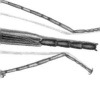

澳洲伞蜥看上去很吓人，
但是它既小又无害。

成群结队
更安全

这群羚羊看上去很放松，但是每只羚羊都做好了警告其他羚羊有危险的必要准备。

一群狒狒在非洲一片草原的边上觅食。每只狒狒时刻都在观看和倾听。也许有一只狮子正悄悄地穿过草丛向狒狒群走来！

如果有一只狒狒看到了或听到了什么动静，它会发出响亮的叫声。狒狒的叫声听上去几乎就像有人在喊"哈！"。然后

所有的狒狒都会匆忙地爬上树。由于一只狒狒的警告，所有的狒狒都会安全。

有的动物成群结队生活在一起。这样它们更加安全。一只孤单单的动物可能没有看到或听到敌人正在悄悄向它走来。但是如果有许多动物一起观察，就总会有一只动物看到或闻到危险并警告其他动物。

狒狒、斑马、羚羊和鹿群在感到危险时就奔跑。但有时一整群动物会和敌人作战。

有时最安全的地方就是在一个群体当中。数目众多，就有了安全！

歌曲和舞蹈

这只青蛙正准备大声地嘎嘎叫。

你见过萤火虫在夏天的夜晚闪烁吗？如果见过，你见到了雄萤火虫正在寻找配偶。雄萤火虫闪着它的光来吸引雌萤火虫。动物用各种各样的东西——光、色彩鲜艳的羽毛甚至食物——来吸引配偶。

澳大利亚的雄缎蓝亭鸟用草和树枝建巢。它用鲜艳的石头、花朵和种子来装饰巢。一旦有雌鸟靠近，雄鸟就伸展翅膀并"跳舞"。

其他动物"唱歌"来吸引配偶。蟋蟀和蝗虫通过让翅膀相互摩擦，或用腿刮翅膀，发出响亮的声音，许多青蛙和蟾蜍吹鼓它们下颚下面的一个大囊。这让它们发出的嘎嘎声更为响亮。

有的动物用"香味"来吸引配偶。雌蚕释放甜味化学物质吸引雄蚕。

对有些雌性动物来说，食物是爱的礼物。
雄燕鸥抓一条鱼并把它献给雌燕鸥。雄跑蛛在
和雌跑蛛交配之前献给它一只抓到的苍蝇。

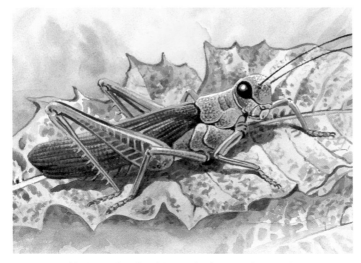

蝗虫通过让翅膀相互摩擦"唱歌"。它
希望这种声音能吸引到配偶。

一只雌缎蓝亭鸟坐在
一个精美的巢中，这
是雄鸟为它建的。

注意！一只动物就在附近。雁拍打翅膀，发出嘶嘶、哄哄的声音。这会把动物吓跑。

警告！

你有没有感到奇怪，在动物唧唧、喳喳、喵喵、汪汪叫的时候，它们在"说"什么呢？

有时候，动物发出声音是为了找到配偶。但是别的声音是在求助或遇到危险的呼叫。受伤的海豚发出高昂的啸声以引起其他海豚的注意。其他海豚用它们的背部和鳍状肢帮助受伤的海豚停留在接近水面的地方，让它能够呼吸。

有的动物用无声的方式进行"交谈"。鹿和许多其他动物通过把一种特殊的气味擦到树上或灌木上，来标记领地。有的雄鹿的脸上有腺体，发出一种气味警告其他雄鹿不要靠近。

其他动物通过改变身体姿势进行交流。一旦同个家庭中的两只狼相遇，它们就用身体来表示哪一只狼有更高的等级。等级高的狼笔直地站着，抬高尾巴，并把耳朵尖端朝前。低等级的狼则卧倒，把尾巴夹在腿之间，放平耳朵。

狼和其他许多动物一样，用特殊的号叫声互相交流。

兔子通过击打地面警告其他兔子有危险。

一只黄鼠用啸声通知其他黄鼠有一只鹰正在上空盘旋。

153

动物伙伴

饥饿的鳄鱼通常试图吃掉靠近它们的鸟。但是有一种鸟能够在鳄鱼中间安全地走来走去。事实上，这种鸟能把蛋下在鳄鱼窝中！

一种叫水石鸻的鸟吃打扰鳄鱼的昆虫。鸟轻易得到了一顿饭，而鳄鱼则变得更舒适。因此这种鸟真的是在帮助鳄鱼。也许这就是为什么鳄鱼不伤害它们的原因。

一种叫濑鱼的小鱼帮助许多种大鱼。微小的蠕虫通常附着在鱼身上，让鱼长疮。出现这种情况时，鱼就到濑鱼生活的珊瑚礁。小濑鱼在鱼的全身各处捕食，吃掉蠕虫。

欧洲鳑鲏和某种淡水蛤蜊组成团队。雌鳑鲏把卵产在蛤蜊里面。在小鱼离开蛤蜊壳时，蛤蜊幼虫埋藏在它们的皮肤中。等蛤蜊幼虫长大

濑鱼从一条大鱼的嘴里拣虫子吃。

牛椋鸟骑在非洲水牛的背上。它们吃叮咬水牛的昆虫。

一点后，它们离开鱼，沉到池塘或河流的底部。蛤蜊为这种鱼提供了一个产卵的安全处所，而鱼则帮助在池塘底部传播蛤蜊宝宝。

　　水石鸻、濑鱼和鳉鲅全都从它们帮助的动物那里得到某些东西。有的获得食物作为清除讨厌的寄生虫的奖赏。有的在生殖方面互相帮助。

睡眠过冬

每个秋天，土拨鼠吃大量的食物，蜷缩成一团，在地下巢穴中睡眠。但是土拨鼠的睡眠和你的睡眠不一样。土拨鼠的心跳和呼吸慢下来，几乎停止。它的身体发生变化。多数时候，土拨鼠的身体是温暖的，因为它是一种**温血动物**。但是土拨鼠在进入漫长的冬天睡眠之前，它的身体变冷。在它睡眠的时候，它的身体靠它在秋天吃的额外食物提供的能量生存。

土拨鼠在地下巢穴中睡过整个冬天。

一只美洲旱獭从冬眠中醒来。

　　土拨鼠的睡眠叫冬眠。黄鼠、蝙蝠、仓鼠、刺猬和其他温血动物也都冬眠。

　　蛇、龟、蛙和蟾蜍用不同的方式冬眠。蛇是**冷血动物**。它的身体与周围的空气一样温暖或寒冷。因此当气候变冷时，蛇的身体也变冷。蛇试图通过爬

一只睡鼠在一个藏
身的地方冬眠。

进洞里来保暖。但是随着气候变得更冷，
蛇的身体也变得既冷又僵硬。它的心跳和
呼吸几乎停止。

　　春天到来时，土拨鼠和其他温血动物
醒来了。蛇也暖和起来，并爬出洞。世界
又变得生机勃勃！

驯鹿组成大部队旅行，寻找食物。

动物在搬迁

在寒冷的冬天来临时，许多动物发现很难找到食物。因此它们就飞、走、跑或游到温暖的地方。在春天来临时，它们又飞、走、跑或游回来。这种随着季节的变化从一个地方搬到另一个地方的运动叫**迁徙**。

家燕、帝王斑蝶、瓢虫、驯鹿、鲸、鲑鱼和旅鼠只是迁徙动物的几个例子。

鸟类迁徙时，它们常常飞很远的距离。有时它们飞越海洋和大陆。在春天，它们迁徙回来。有时它们回到它们上个夏天用过的同一个巢。

在冬天，驯鹿离开了它们在北美洲北部的家，组成大部队，向南方走去，开始一段危险的旅程。在下一个春天，它们的旅程又走向北方。

旅鼠是生活在欧洲北部的小哺乳动物。它们有时也迁徙。在有很多食物的时候，旅鼠有了很多幼崽。食物吃完了以后，它们就迁徙。有时它们沿着道路、穿过城镇旅行，寻找食物。

全知道

鲑鱼的迁徙和许多其他动物不同，并不是为了寻找食物。鲑鱼从海洋逆着河流而上，长途跋涉，为了产卵。就像这里画的鲑鱼一样，它们逆流游泳，为了能到达瀑布上方，神奇地跃出水面。当它们抵达一个平静、浅水的地点时，它们产下了卵。

每个动物都是大自然的
食物链的一部分。

食物链

在一片草地里，绿草在风中摇曳。毛茸茸的兔子跳来跳去，啃着草。猫头鹰突然猛扑下来，抓住了兔子，飞到别的地方把它吃掉。在猫头鹰吃饱了以后，它把兔子身体的一部分留在了另一片草地。兔子的身体给土壤增添了养分。

　　动物杀死并吃掉别的动物，这看上去似乎很残酷。但是这不过是野生动物互相帮助并保持自然平衡的一种方式。草、兔子和猫头鹰都是大自然中一个叫做**食物链**的重要系统的一部分。

所有的食物链都从阳光开始。阳光为植物提供了食物。植物是食物链中的首要**生产者**。它们用阳光、水和空气生产出用以生存和生长的食物。

吃植物的动物是食物链中的另一环节。它们是**消费者**。吃草食动物的动物也是消费者。兔子和猫头鹰都是消费者。

叫做**分解者**的微小生物也是食物链的一部分。它们把死去的植物和动物分解掉。这些分解的产物滋养了生长植物的土壤。

每次你吃一个汉堡包或鱼酱三明治时，你就是一个食物链的一部分。

大自然的清洁工

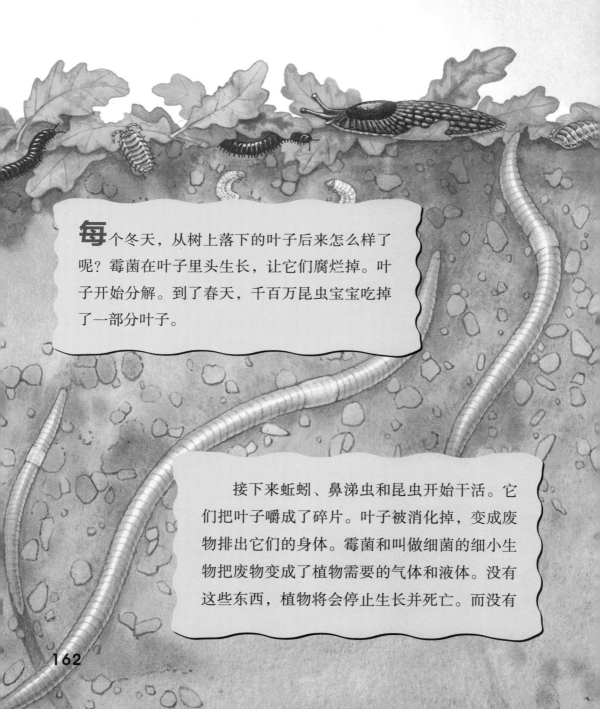

每个冬天，从树上落下的叶子后来怎么样了呢？霉菌在叶子里头生长，让它们腐烂掉。叶子开始分解。到了春天，千百万昆虫宝宝吃掉了一部分叶子。

接下来蚯蚓、鼻涕虫和昆虫开始干活。它们把叶子嚼成了碎片。叶子被消化掉，变成废物排出它们的身体。霉菌和叫做细菌的细小生物把废物变成了植物需要的气体和液体。没有这些东西，植物将会停止生长并死亡。而没有植物，动物就无法生存。到下一个秋天，去年的叶子就什么也没有剩下了。

霉菌和细菌也在动物尸体上干活。然后它们的身体把养分或食物放回了土壤，供植物使用。

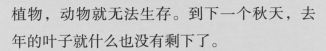

有的甲虫，例如葬甲，吃动物尸体。它们也干别的事情。它们在尸体下面挖土。尸体慢慢地越陷越深，直到被完全埋葬。雄虫和雌虫也跟着一起埋葬。雌虫在尸体上产卵，卵孵化后，幼虫吃掉了剩余的动物尸体。

许多动物靠死去的生物为生。鬣狗和秃鹫清除掉狮子留下的猎物残骸。

濒危动物

中亚眼镜蛇被过度捕捉用来交易。

几百年前，成千上万只渡渡鸟生活在地球上。但是人们过度捕捉它们当食物，并把新的动物敌人引进到它们的栖息地。现在世界上没有了渡渡鸟。今天，北极熊、犀牛、老虎和许多种其他动物的数量正在下降。这些动物处于危险之中。为什么？

人们为了获得黑犀牛的角过度捕杀它们。

- 它们的家园正在被摧毁。

- 人们为了它们的毛皮、角、皮肤和肉猎捕它们。有的被抓来作为宠物出售，还有的是因为人们认为它们是害兽而捕杀它们。

- 污染杀害了它们。

- 人口的增长挤掉了动物，用光了所有的土地和食物。

- 人们引进新的动物到一种栖息地中，破坏了自然平衡。

除非人们努力拯救它们，否则许多种动物将会像渡渡鸟那样灭绝。

卷毛蜘蛛猴正在丧失其热带雨林家园。

164

现在已灭绝的渡渡鸟有大火鸡那么大。它的小翅膀太小了，没法飞翔。

它们为什么灭绝了?

正如随着长大你发生了变化,世界和生活在世界上的东西也在发生变化。多数科学家相信地球在过去改变了许多次,许多种动物曾经生活在我们的星球上。

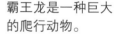

喙嘴翼龙是一种会飞的爬行动物。

曾经有过吓人的**爬行动物**像房子那么大。曾经有过比猫小的马。而且很久很久以前,没有一种动物生活在陆地上。当时所有的动物都生活在海洋里。

恐龙是非常重要的动物。它们统治了地球一亿多年。它们在巨大的沼泽地里打滚,在炎热、潮湿的森林里转悠。

然后可能发生了什么事,所有的恐龙都死亡了。我们不知道为什么恐龙会**灭绝**。

霸王龙是一种巨大的爬行动物。

有的科学家认为恐龙是慢慢地灭绝的。当时，沼泽地开始干涸了。新的植物正在取代旧的植物。也许恐龙没法适应这些变化生存下来。有的科学家认

腕龙是一种巨大的、吃植物的恐龙。

为地球被一个巨大的小行星击中。空中充满了尘土，遮蔽了阳光。最终，这改变了气候，导致恐龙的死亡。

也许所有这些因素，以及我们不知道的其他因素，导致了恐龙灭绝。这是个大谜团。

167

腔骨龙

有没有幸存者？

大蓝鹭

大蓝鹭看上去有点像
一种早期的恐龙——
腔骨龙。

当然了，在恐龙活着的时候，地球上还没有人。那么我们是怎么了解恐龙和很久以前的其他动物的呢？

有时，当一只恐龙死了，它的尸体倒在了泥泞的地面。尸体中软的部分腐烂掉了，但是泥覆盖了骨头，防止它们腐烂。经过数百万年以后，骨头和泥变成了岩石。这有助于它们保持完整。又经过了千百万年，阳光和雨水让周围的岩石渐渐地

剑齿虎

消耗掉了，留下了变成岩石的骨骼。这些变成了岩石的骨头和骨骼叫做化石。

　　科学家寻找类似这样的化石，把它们从地下挖出来。通过研究化石，科学家能够知道动物长什么样。他们能够通过研究牙齿的形状知道它吃什么。他们甚至能够知道动物能不能很好地看、听、闻东西。

　　今天生活在世界上的生物有的看上去非常像某种古代动物的化石。通过研究这些生物，科学家能够更好地设想生活在千百万年前的地球上的生命是什么样的。这两页显示一些看上去相似的动物。

母狮看上去有点像剑齿虎。剑齿虎是一种在100万年前生活在地球上，长着军刀一样的牙齿的猫科动物。

变化的变化

恐龙并不是仅有的灭绝的史前动物。数百万年前，许多像大象一样的动物漫游在地球上。随着时间的推移，这些生物适应了变化的环境。例如，它们根据能吃到的食物种类，发育出了不同的象鼻和象牙。有时候，动物不能够快速地适应环境的变化。一旦出现这种情况，动物就灭绝了。

莫湖兽是最早长得像大象的动物。它们生活在大约6000万年前。莫湖兽既没有象鼻也没有象牙，大约和猪一样大小。

恐象生活在2400万年前到200万年前。它有向后弯曲的象牙，从它的下颚朝下生长。铲齿象和恐象生活在同一时期。它们的下颚里长有铲形的巨大牙齿，可能是用来拔起水中植物的。

猛犸象生活在至少400万

莫湖兽

恐象

非洲象

年前到1万年前。它们是庞然大物，牙齿就像现代的大象。猛犸象生活在冰川纪，身上有长毛帮助它们抵御极端的寒冷。

今天，有两种象——非洲象和亚洲象。在100万年后，这些动物和许多今天的动物将会灭绝。

猛犸象

从工厂烟囱冒出来的烟把有害化学物质释放到环境中。

人们是如何影响动物的？

在全世界，每天都有很多的人出生。所有这些人都需要有地方让他们生活和工作，而且他们还需要食物。人们占据了空间。他们需要空间用来建农场、工厂、房子和道路。他们砍倒森林，为庄稼、房子和道路腾出空间。一旦这种事情发生，动物的栖息地和家园就被摧毁了。在人们用有害的化学物质或其他废物污染河流、湖泊和森林时，动物的栖息地也遭到破坏。

172

水鸟试图在被石油污染的水里游泳
时，它们死去了。

热带雨林是许多种动物和植物的家。但是在人们伐木、开矿和采集其他材料时，每年都有大面积的热带雨林被摧毁。科学家和其他人担心如果有更多的雨林被摧毁，成千上万种植物和动物将会灭绝。

猎杀太多

水牛曾经在北美洲的许多地方自由地漫游。由于猎杀，今天只剩下了数量很少的水牛。

174

鬣狗、鹰、狐狸、青蛙、蜘蛛、蛇、狮子、蜥蜴、海豚和蜻蜓——所有这些，以及许多其他动物，都是猎手。它们为了获得食物猎杀其他动物。有的人认为这种杀戮很残忍，但是它保持了自然平衡。

人类也是猎手。他们为了娱乐和获得食物而打猎。在许多情况下，打猎不会破坏自然平衡。在许多国家，只允许人们猎杀那些数量足够多的动物。

但是有的猎人为了获得毛皮或皮而杀害老虎、豹子、水獭、短吻鳄和其他珍稀动物。他们把毛皮或皮卖给公司，用来制造外套、鞋子、皮带和皮包。猎人为了获得犀角杀害犀牛，为了获得象牙杀害大象。他们为了金钱尽可能多地杀害这些动物。在世界上许多地方，由于猎杀，这些动物已经被消灭掉了。

世界上许多国家的政府已通过限制打猎的法律试图拯救动物。违反这些法律的猎人如果被逮住，必须支付巨额罚款——或去坐牢。

猎人为了获得这些犀牛角而猎杀犀牛。

危险中的动物

在世界范围内，有许多动物处于灭绝的危险中。这张图只是显示一些例子。

加州秃鹰

这种大型的秃鹰需要大片空旷的山区，但是人们正在破坏它的栖息地。人们为了娱乐过度地猎杀这种鸟，并过度地采集它的蛋来吃。（北美洲）

美洲鹤

它每年都迁徙。人们已占领了它的栖息地。今天还活着的成年美洲鹤非常稀少，过不了多久它们生下的幼鸟数量就会随之减少了。（北美洲）

绿海龟

它大部分时间生活在海里。人们吃它的蛋，并为了吃它的肉猎杀它。（南太平洋）

帝鹦鹉

它生活在热带岛屿的森林中。人们正在破坏它的栖息地。这种鸟大量地被非法捕捉卖做宠物。（南美洲）

科学家把处于危险中的动物主要分成三种类型。它们全都需要我们的帮助才能生存。

濒危动物面临着最严重的灭绝威胁。它们包括欧洲鳇、虎、黑犀牛和大西洋蓝鳍金枪鱼。

易危动物有时也叫**受胁动物**。在有些地区有很多这种动物，但是它们的数量在下降。它们包括中美洲和南美洲的大食蚁兽，以及帝鹦鹉、猩猩和野牦牛。

低危动物曾经叫稀有动物，它们或者小数量地生活在狭窄的地区，或者稀疏地分散在广阔的地区。它们包括南美洲的角雕和阿根廷草原鹿。

西班牙羱羊

这种优雅的野山羊成群地生活在欧洲山地。过度猎杀以及栖息地的丧失已让它们的数量下降。（欧洲）

黑疣猴

人们曾经为了获得其黑白毛皮而猎杀这种猴子。现在人们为了吃它而猎杀它。它生活的森林被砍伐用做木材。（非洲）

大熊猫

它看上去就像是一个巨大的、可爱的黑白玩具，可能是熊的近亲。大熊猫吃的竹子日益减少。（亚洲）

尖尾兔袋鼠

这种小袋鼠曾经大群地生活在澳大利亚。人们已占领了它的栖息地。现在只剩下了一群这种兔袋鼠。（澳洲）

177

拯救动物的人们

世界上有许多人正在尽力帮助拯救动物，防止它们灭绝。动物园以前只是收集动物关在笼子里供人欣赏。今天，动物园努力也让动物快活。那里的许多动物有了很大的生活空间，让它们感觉就像是它们在野外的家园。动物园也繁殖并照看濒危动物，防止它们灭绝。

野生动物保护区和国家公园是动物和植物能够安全地生活的地区。世界各地都有保护区和国家公园。

人们也通过其他方式帮助动物。许多国家制定了法律禁止猎杀或捕捉某种动物。当动物由于某个危机事件，例如海洋漏油事件，处于危险中时，人们往往紧急行动起来拯救它们。

清理石油污染很重要，以免动物在石油中死去。

动物园饲养员养育毛鼻袋熊，这是拯救这个濒危物种的工作的一部分。

向人们表明你关注濒危动物，同时玩得开心。查阅书籍和杂志，找到你喜欢的一种濒危动物的图片。用这些图片帮你设计这种动物的面具。用混凝纸、硬纸板、纽扣、纱线或其他材料制作它！

从事动物
工作的人们

你喜爱动物吗？有很多种工作适合喜爱动物的人们去做。列在这里的是其中的几种。

兽医保护动物的健康。城市的兽医主要是和宠物打交道，给它们注射药物保护它们的健康。乡村兽医照顾农场的动物，例如牛、马。

动物学家研究动物，发现它们在哪里和如何生活，它们如何与人类和其他动物一起生活，以及它们如何随着时间的推移发生变化。动物学家在实验室、动物园或博物馆里工作。他们也到建在丛林、海洋或动物生活的其他地方的野生动物保护区工作。

在这只树袋熊宝宝的妈妈病了以后，动物园饲养员在养它。

博物学家通过仔细地观察大自然来研究它。他们在乡间远足观察鸟类，他们也访问博物馆、公园和动物园。许多博物学家记录、描绘和拍摄下他们看到的任何东西。你不必等到长大成人才去当一名博物学家！许多地方都专门为孩子们提供研究自然的活动项目。

博物学家研究动物，想要对它们有更多的了解。

狩猎警察和护林员帮助保护国家公园和禁猎区的野生动物。他们解救被洪水或野火困住的动物，并确保人们遵守钓鱼、打猎和野营的法律。

农场主和牧场主饲养牲畜，为人们提供食物。农场主饲养鸡、猪、奶牛和菜牛等牲畜。牧场主在大片的牧场上饲养绵羊和牛。

试一试

1

研究动物的人有很多称呼。你能猜猜他们都叫什么吗?

1. 我研究化石。我叫什么?

2. 我研究昆虫。我叫什么?

3. 我研究动物和环境的关系。我叫什么?

4. 我研究鱼。我叫什么?

5. 我研究海洋生物。我叫什么?

6. 我研究哺乳动物。我叫什么?

a. 我叫海洋学家

b. 我叫古生物学家

c. 我叫哺乳动物学家

d. 我叫昆虫学家

e. 我叫鱼类学家

f. 我叫生态学家

答案：
1.b, 2.d, 3.f, 4.e, 5.a, 6.c.

词汇表

这里是你在本书中读到的一些词语。它们中许多对你来说也许是新词。但是既然你会再见到它们，就有必要了解它们。在每个词语下面有一两句话告诉你它是什么意思。

B

变态

变态是某些动物在发育过程中经历的一系列变化。毛毛虫在变态过程中变成了蝴蝶。

濒危动物

濒危动物是几乎就要灭绝的动物。美洲鹤是一种濒危动物。

博物学家

博物学家是研究大自然的人士。博物学家观察鸟类和其他动物。

哺乳动物

哺乳动物是后代在母亲的体内发育直到出生，然后以母亲的乳汁为食的动物。狗、鲸、蝙蝠和人都是哺乳动物。

捕食者

捕食者是捕捉其他动物的动物。海豚、狮子和许多昆虫都是捕食者。

F

分解者

分解者是把死去的动物和植物分解成微小的部分的活生物。这些分解部分滋养了土壤，有助于植物的生长。

浮游生物

浮游生物是一群在水里漂浮，类似动物和植物的生物。许多种水生动物，包括鱼和鲸，都吃浮游生物。

H

花粉

花粉是花里的黄色粉末。蜜蜂用花粉制造花蜜。

花蜜

花蜜是花制造的甜味液体。有的昆虫吃花蜜，蜜蜂则采集花蜜制造蜂蜜。

J

脊椎动物

脊椎动物是有脊椎的动物。狗、鱼和鸟都是脊椎动物。

节肢动物

节肢动物是长着有关节的腿并有外壳的动物。昆虫、蜘蛛和螃蟹都是节肢动物。

K

昆虫

昆虫是有6条腿，身体覆盖着硬壳的动物。蝴蝶、蜜蜂和蚂蚁都是昆虫。

L

冷血动物

冷血动物的体温随着周围环境温度的变化而发生变化。蛇和蜥蜴是冷血动物。

两栖动物

两栖动物是幼小时生活在水中并用肺呼吸的动物。但是它在成年时能够生活在陆地上。青蛙和蟾蜍是两栖动物。

猎物

猎物是被其他动物捕捉、杀死和吃掉的动物。昆虫、鸟和许多哺乳动物都是猎物。

M

灭绝

一种动物被全部消灭了，它就灭绝了。候鸽和渡渡鸟属于灭绝的动物。

N

鸟类

鸟类是温血、下蛋并有羽毛的动物。麻雀属于鸟类。

P

爬行动物

爬行动物是爬行的冷血动物。蛇和蜥蜴是爬行动物。

Q

栖息地

一个栖息地是一种植物或动物生活的地方。一个森林栖息地可以是枞树、鸟和鹿的家。

迁徙

迁徙是指动物随着季节的变化,从一个地方迁到另一个地方，然后又回来。

R

软体动物

软体动物是有柔软的身体、没有骨头的动物。许多软体动物有硬壳。蛤和章鱼是软体动物。

S

鳃

鳃是在鱼的身体两侧用来呼吸的器官。它们从水中吸收氧气,并把氧气输入鱼的血液中。鱼需要鳃才能呼吸。

生产者

在食物链中,生产者是指用阳光制造食物的植物。生产者被动物和其他消费者吃掉。

食物链

食物链是植物和动物排列成的链条,在链条中每种成员以处在它下面的成员为食。在一种食物链中,牛吃草,而人吃牛。

受胁动物

受胁动物是数量正在下降的动物。大食蚁兽是一种受胁动物。

W

温血动物

温血动物不管它周围的环境是暖是冷,都能保持恒定的体温。哺乳动物是温血动物。

无脊椎动物

无脊椎动物是没有脊椎的动物。蠕虫是无脊椎动物。

物质

物质是你能够看到或感觉到的某种东西。花粉是你在花里发现的一种物质。

X

消费者

在一条食物链中,消费者是吃植物或其他动物的动物。

Y

有机体

有机体是生物。最细小的浮游生物和最大的鲸都是有机体。

鱼类

鱼类是冷血的、生活在水中并有鳃的动物。鲨鱼是鱼类。

Z

蛛形动物

蛛形动物是类似昆虫,但没有触角或翅膀的动物。它们有4对节肢。蜘蛛是蛛形动物。

资源

资源供应你需要的某种东西。它可以是你反复使用的某种东西。